KB075861

이달의 장르소설

이달의 장르소설

2

박선미

정종균

김승윤

이신주

김옥숙

백연화

고즈넉
이엔티

이달의 장르소설2

1쇄 발행 2022년 7월 29일

지은이 김승윤, 김옥숙, 박선미, 백연화, 이신주, 정종균
펴낸이 배선아
편 집 유민우
펴낸곳 (주)고즈넉이엔티

출판등록 2017년 3월 13일 제2021-000008호
주소 서울특별시 중구 청계천로 40, 1203호
대표전화 02-6269-8166 **팩스** 02-6166-9199
이메일 gozknockent@gozknock.com
홈페이지 www.gozknock.com
블로그 blog.naver.com/gozknock
페이스북 www.facebook.com/gozknock
인스타그램 www.instagram.com/gozknock

표지이미지 Designed by Getty Images Bank

차례

14 1/2

박선미

2003년 데뷔해 6년간 순정만화가로 활동했다. 〈왕의 여자〉, 〈프리 러브〉, 〈성춘기〉를 만화잡지와 웹에 연재했다. 제8회 교보문고 스 토리공모전에서 단편소설 「귀촌 가족」으로 우수상을 수상했다.

출근하려고 현관문을 열어보니 문 앞에 쓰레기가 쌓여 있었다. 초코우유 팩, 과자 봉지, 과일 껍질까지 아주 종류도 다양했다. 이 쓰레기들을 마구 늘어놓지 않고 그나마 비닐봉지에 넣어주었다는 게 감사할 지경이었다.

현호는 그 봉지를 그대로 들고 엘리베이터를 탔다. 나가는 길에 버릴 생각이었다. 얼마 전까지는 이런 일을 당하면 봉지 그대로 아랫집 대문 앞에 놓아두었는데, 쓰레기의 양이 두 배, 세 배로 돌아오는 복수를 당하고 나서는 포기하게 되었다. 대신 버려주고 말지.

현호가 아래 14층 아줌마의 존재를 알게 된 건 대략 한 달 전쯤이었다. 현호는 이 아파트에 산 지 이제 3년, 아랫집 아줌마는 언제부터 살고 있었는지 알 수 없지만 백 년 전부터 여기에 살았다고 해도 아마 몰랐을 것이다. 나이는 삼십 대 후반에서 사십 대 중반, 염색한 지 오래되어 머리 윗부분은 새까맣고 그 아래는 빛바랜 갈색 머리를 하나로 질끈 묶은, 다 늘어진 형광 핑크색 티셔츠 사이로 찐빵처럼 허옇고 둥근 어깨가 드러난 모습으로 아파트 사이를 우렁차게 쏘다니는 여자였다. 아침에 출근해서 밤에야 퇴근하는 현호가 그런 아랫집 아줌마와 마주칠 일은 없었고 당연히 서로 얼굴조차 모르는 상황이었다. 그러다 서로 얼굴을 마주하게 된 것이 바로 한 달 전이었다.

그날은 현호가 모처럼 일찍, 그러니까 퇴근해서 밤 9시에 집에 도착한 날이었다. 저녁은 밖에서 대충 때웠으니 맥주와 넷플릭스로 불금을 홀로 즐겁게 보내리라 결심한 저녁. 갑작스럽게 울리는 벨 소리에 현호는 문을 열었고, 날벼락 같은 아랫집 아줌마의 평퍼짐한 얼굴과 마주쳤다.

"제가 참다 참다 올라왔는데요, 지금이 도대체 몇 시예요?"

"예?"

"여러 사람 생활하는 공동 주택에서 이러시면 안 되죠. 밤 9시에 쿵쾅거리고 음악을 틀고. 내가 사람 민망할까 봐 처음에는 쪽지를 드렸는데 그거 보고도 계속 이러시는 거예요?!"

순간 너무 많은 의문점이 생겼지만 현호는 차분하게 물었다.

"아주머니, 일단 진정하시고……. 아랫집 분이신가요?"

"아랫집이니까 올라왔죠! 시끄러워서요!"

"먼저 전 쿵쾅거리지 않았구요. 음악도 틀지 않았습

10
박선미

니다. 더군다나 쪽지도 받은 기억이 없는데요."

아랫집 아줌마의 얼굴이 붉게 달아올랐다. 숨소리도 거칠어졌다.

"댁이 쿵쾅거리지 않았으면 대체 누가 쿵쾅거렸다고 그래요? 이 아파트는 15층이 꼭대기 층이고, 댁네 맞은편 집은 지금 아무도 안 살잖아요. 내가 소음이 너무 심해서 녹음해서 들고 오려고 했다구요. 그리고 쪽지를 못 봤다구요? 내가 분명 어제 자제 좀 해달라고 써서 여기! 이 문 앞에 쫙 붙여놨는데, 그걸 못 봤다구요? 그럼 그걸 누가 가져갔단 말이에요?"

글쎄 그거야 저도 모르죠, 라고 대답하려다가 현호는 입을 다물었다. 섣불리 아랫집 아줌마의 맘에 들지 않는 대답을 했다가는 아줌마가 등 뒤에서 식칼을 꺼낼지도 모르니까.

"……주의하겠습니다."

일단 자리는 모면했다. 아랫집 아줌마는 씩씩거리면서 내려갔고, 현호는 현관문을 살짝 닫고 발끝을 들어 살금살금 거실 소파에 앉았다. 어떻게 된 일인지는 알 수 없지만, 자신도 모르게 시끄럽게 굴었을지도 모르는 터였다.

문제는 그다음이었다. 이틀 뒤에 아랫집 아줌마는 더

붉어진 얼굴로 다시 올라왔고 이번에는 레퍼토리가 길어졌다. 초등학교 다니는 아이가 둘이나 있고, 이제 곧 중요한 시험도 있는데 왜 밤에 그렇게 떠드느냐는 것이었다. 초등학교 다니는 아이들이 대체 어떤 시험을 보길래 이렇게 예민하신지 궁금했지만 이번에도 현호는 묻지 않았다.

대신 현호는 현관문을 열어서 텅 비어 있는 집 내부를 보여주며 설명했다. 나는 혼자 사는 사십 대 독신이고, 떠들 만한 상대가 여기에는 없다. 물론 내가 정서적으로 많이 힘들어서 거울을 보고 누군가와 시끄럽게 대화를 나누는 환자로 보일 수도 있겠지만, 가슴에 손을 얹고 나는 멀쩡히 회사 다니는 평범한 사람일 뿐이다. 그리고 그 층간소음이라는 게 알아보니, 바로 위층에서 나는 소음인 것 같아도 사실 대각선 방향의 다른 집에서(혹은 더 아랫집에서) 나는 소음일 수도 있다더라.

아랫집 아줌마는 마뜩잖은 얼굴로 집 내부를 한번 둘러보고, 다시 씨근거리며 내려갔다. 그리고 이와 같은 일이 몇 번 더 있었고 또 그때마다 현호는 최선을 다해서 방어했다.

이런 일이 반복되자 아랫집 아줌마는 뭔가 포기한 듯이 더는 올라오지 않았다. 대신에 현호의 집 앞에 쓰레기가 쌓이기 시작했다. 현호는 관리실에 뭔가 얘기를 해야 할 것 같았지만 그만두었다. 어차피 집에서 생활하는 시간이 적었고, 아랫집 아줌마는 저러다가 말 것 같았고, 쓰레기야 출근하는 길에 몇 번 버려주면 되니까. 조용히 넘어가면 결국 잠잠해지지 않을까 생각했다.

그리고 다시 찾아온 토요일 밤, 현호는 넷플릭스를 보면서 맥주를 마시다 갑작스럽게 쓰러졌다.

현호가 다시 눈을 떴을 때, 집 안은 캄캄했다. 현호는 잠깐 자신이 기절했다고 생각했다. 불을 켜려고 전등 스위치를 찾아 눌렀는데 불이 들어오지 않았다. 멍한 느낌으로 TV 리모컨을 눌렀지만 켜지지 않았다. 냉장고를 열었다. 자신이 먹다 남은 음식은 그대로였지만 역시 불이 들어오지 않았다. 핸드폰을 켜서 액정을 눌렀다. 112에 먼저 신고를 해야 할 것 같아서 번호를 누르고 기다려보았다. 신호가 가지 않았다. 휴대폰을 만질 수는 있었지만, 이상하게 연결이 되지 않았다. 현호의 몸 역시 어딘가 이상했다. 왠지 가벼운 느낌이었고 통각이나 촉각을 전혀 느낄 수 없었다. 그리고 현호는 자신이 죽었다는 것을 깨달았다.

현호는 황당한 기분으로 먼저 베란다로 가서 밖을 내려다보았다. 창밖 역시 자신이 익히 알던 모습 그대로였다. 움직이는 사람들의 모습이 보이지 않는다는 것을 제외하면. 모든 것이 그대로인데 사람이 없었고, 빛이 없었고, 또 한 가지, 소리가 없었다. 이명조차 들리지 않는 고요함 그 자체였다.

친척 중에 심질환자가 있었던가, 현호는 생각했다. 그러고 보니 먼 친척 중에 누군가가 젊은 나이에 급사했다는 얘기를 들은 것 같기도 했다. 그런데 그게 내가 될 줄이야.

현호는 일단 소파에 앉아서 마음을 추슬렀다. 쓰러지기 전에 마시던 맥주가 조금 남아 있어서 일단 목을 축였다. 예상한 대로 아무 맛도 느껴지지 않았다. 죽음이 이런 것이었나. 모든 것은 그대로, 그런데 나만 닿을 수가 없다. 현호는 멍하니 앉아 있었다.

시간이 얼마나 지났는지 모르겠다. 하루 이틀이 지난 것 같기도, 혹은 순식간에 몇 년이 흘러버린 것 같기도 했다. 죽음을 겪고 돌아왔다는 사람들의 말에 의하면 눈 부신 빛이 나타나 자신을 어딘가로 데려갔다는데, 눈 부신 빛은커녕 바늘 끝만 한 빛도 새어 나오지 않았다. 그렇다고 새까만 두루마기를 입은 창백한 다크서클의 사나이가 저승 명부를 들고 나타난 것도 아니었다. 이게 뭐지? 신개념 지옥인가.

현호는 그사이에 냉장고에 들어 있는 음식들을 바닥냈다. 죽었는데 왜 음식은 먹을 수 있는지 모르겠고 허기도 느껴지지 않았지만 전기가 들어오지 않으니 음식이 아까워서 일단 먹었다. 깡통에 든 햄과 참치 통조림과 먹다 남은 치킨 따위를 다 먹어 치우고, 핸드폰을 켜서 예전에 다운로드해둔 영화를 보았다. 통신과 전기는 작동하지 않았지만 핸드폰만은 사용할 수 있었다. 아무래도 여기는 신개념 지옥이고, 이 핸드폰은 지옥의 치트 키인 것 같았다.

현호가 집 밖을 나가려고 결심한 것은 그 뒤로도 한참 지난 후였다.

인정하고 싶지 않았지만 집 밖은 무서웠다. 펄펄 끓는 용암이 문 앞에 흐르고 있을지도 모르지 않는가. 붉게 화장한 염라대왕이 '너는 이 테스트에서 실패했다!'며 자신을 정말 지옥으로 보낼지도 모른다.

긴장한 채로 현호는 문을 살짝 열었다. 용암도 염라대왕도 없었지만 문 앞에 걸리는 게 있었다. 아래층 아줌마가 갖다 둔 쓰레기 봉지였다. 현호는 열이 올랐다. 난 지금 젊은 나이에 황당하게 죽었는데, 이 뚱뚱한 아줌마가 또 이런 걸 갖다 놔?

현호는 봉투를 들고 계단을 걸어 내려갔다. 바로 아래층이라고 했으니 1406호일 것이다. 어차피 죽은 마당에 이 쓰레기들을 마구 파헤쳐서 1406호 앞에 던져둘 생각이었다. 계단 역시 어두운 적막이 흘렀고 어떤 소리도 들리지 않았다. 아래층에 발을 내디뎠을 때, 그는 직감적으로 느낄 수 있었다. 여긴 14층이 아니었다.

현호는 멍청하게 눈앞의 숫자를 바라봤다. 잘못 본 게 아니었다. 엘리베이터 위에는 단단한 고딕체로 '14 1/2'이라고 표시되어 있었다. 해리 포터의 기차역 9 3/4인가.

오른쪽으로 고개를 돌리자, 원래 1406호가 있어야 할 그 자리에 다른 숫자가 붙어 있는 것이 보였다. 14 1/2 6호. 맙소사.

꿈인지 현실인지, 이승인지 저승인지도 모르는 상태로 어둠 속을 헤매고 있는 지금, 여기가 바로 지옥 아닐까. 현호는 중얼거리면서도 14 1/2 6호로 걸어갔다. 문밖으로 빛이 새어 나오고 있었기 때문이었다. 핸드폰의 불빛이 아닌, 정말 오랜만에 보는 밝은 빛이었다. 이 빛

박선미

을 따라가면 드디어 나도 저세상에······.

현호는 문을 열었다.

사람들이 소란스럽게 제각각 앉아서, 혹은 일어서서 뭔가를 집어 먹으며 담소를 나누고 있었다. 마치 반상회라도 하는 것 같은 모습이었다. 집 안도 현호의 집 내부와 같은 평범한 디자인이었고, 테이블에는 사과와 귤 같은 과일들, 초코파이 등의 간식거리가 놓여 있었다. 그들은 날씨 이야기를 하기도, 한국과 일본의 정치 상황에 열을 올리기도 했다. 그러다 낯선 이의 존재를 먼저 알아챈 것은 멋지게 실크 스카프를 목에 두른 어느 할아버지였다.

"응? 자넨 누군가? 벨도 안 누르고 어떻게 들어왔어?"

책망하는 할아버지의 시선에 현호는 문득 자신의 옷차림이 부끄러워졌다. 집 안의 사람들은 모두 잘 차려입은 모습이었는데 현호는 급하게 나오느라 낡은 티셔츠에 신발도 신지 않은 채였다.

"여기 불이 켜 있어서요."

"응? 자네는 1506호 총각 아니야?"

사람들 중 누군가가 현호를 알아보았다. 아파트 반장 할머니였다. 정확히 말하면, 예전 반장 할머니. 이제 놀

랄 것도 없었지만, 2년 전에 암으로 돌아가셨다고 들었
었다. 낯익은 얼굴은 또 있었다. 예전에 여기서 근무하
던 경비 아저씨. 무인경비시스템이 도입된 이후로는 얼
굴을 본 적이 없었다. 이분도 돌아가셨다는 얘기는 못
들었는데.

"아, 네. 안녕하세요……."

"맞네, 그 1506호 총각! 김씨 아저씨도 기억나지? 왜
그 말 없던……."

반장 할머니가 옆에 앉은 경비 아저씨를 쿡쿡 찔렀다.
경비 아저씨는 그제야 현호를 알아보는 모양이었다.

"아, 맞다. 명절에 가끔 사과를 박스로 갖다줬었는데.
선물로 들어온 게 많다면서. 맞지?"

"……네."

반장 할머니와 경비 아저씨가 현호를 둘러싸고 말을
이어나가자 다른 사람들도 현호에게 관심을 보이기 시
작했다.

"그러고 보니 나도 왠지 얼굴이 낯익네요. 나 기억나
요? 아래아래 층 살던 야쿠르트 아줌마. 내가 가끔 야쿠
르트 먹어보라고 몇 개 넣어줬을걸? 우리 아들한테 참
잘해줬는데."

"난 전에 지하 주차장에서 그쪽하고 접촉 사고 있었

던 거 같은데? 내가 주차하면서 그쪽 차 옆구리를 살짝 긁었는데, 아마 그냥 넘어갔지? 어차피 낡은 차라면서."

사람들이 자신을 둘러싸고 한 마디씩 말을 이어나가자, 현호는 자연스럽게 알 수 있었다. 말도 안 되는 상황이긴 하지만, 아마도.

"지금…… 아파트 반상회 하고 계시는 건가요?"

반상회? 음, 맞지. 반상회. 현호를 둘러싼 사람들이 웃으면서 고개를 주억거렸다. 이 아파트에 살던 사람들이 가끔 만나서 맛있는 거 먹으면서 이런저런 얘기를 하며 즐겁게 보내는 거니까, 반상회 맞지. 경비원 김씨 아저씨는 자기가 살던 곳으로 가도 될 텐데, 이 아파트에서 더 오랜 시간을 보냈다면서 때마다 여기로 놀러 오는 거고.

현호는 뭔가 짐작 가는 게 있었다.

"저 혹시, 가끔 음악을 크게 틀기도 하시나요? 막 시끄럽게…… 떠들기도 하시고?"

야쿠르트 아주머니가 멋쩍게 웃음을 터트렸다.

"아니, 항상 그러는 건 아닌데. 요즘 좋은 노래가 많이 나와서 말이지."

"아줌마, 요즘 봄바람 맞고 흥이 난다면서 음악 크게 틀어놓고 매일 춤추잖아요. 시끄럽게."

"아니, 뭐 나만 그래? 그리고 요즘 반상회 오는 사람들이 늘어나서 소란스러워질 수밖에 없다구. 그래도 여긴 다른 층이니까, 여기 사는 사람들한테 들리지는 않을 텐데?"

아뇨……. 들려요, 들린다구요. 사건의 전말을 알게 된 현호는 소파에 주저앉았다.

"14층 아줌마의 말이 사실이었네요……. 시끄러우니 좀 조용히 해달라고 몇 번이나 찾아왔었거든요."

"아, 내가 그 쪽지 문 앞에 붙여놓은 거 봤는데. 총각이 신경 쓸까 봐 떼어놨지. 그 뚱뚱한 아줌마가 감이 좋은가 봐. 여기서 나는 소리를 다 듣고 말이야."

헤헤, 해맑게 웃는 아주머니의 얼굴을 보고 현호는 머리를 감싸 쥐었다. 하긴, 이제 와서 층간소음의 원인을 따지는 게 무슨 소용인가. 어차피 나도 죽었는데.

"그런데 1506호 총각은 여기 무슨 일로?"

반장 할머니가 이제야 궁금해졌다는 듯 머리를 갸웃했다.

"저도 잘 모르겠어요. 친척 중에 심장질환으로 돌아가신 분이 있는 것 같긴 한데……."

현호가 중얼거리듯 내뱉자, 다들 한 마디씩 거들었다. 그러게 말이야, 아직 나이도 젊은 것 같은데 아깝네. 참

박선미

착한 총각인데. 우리 아들이 떨어뜨린 공을 주위주기도 했고, 주차장에서 차가 긁혔어도 화내지 않았고, 명절이면 선물도 갖다줬지.

"아니 잠깐, 내 말은 그게 아니야. 왜 죽지도 않았는데 여기 왔느냔 말이야."

반장 할머니의 목소리가 주위를 환기시켰다. 현호는 놀라서 고개를 들었다.

"봐, 이 총각. 신발도 안 신고 왔잖아."

할머니가 현호의 발을 가리켰다. 급하게 나오느라 양말만 신은 채였다.

"그건 급하게 나오느라……."

현호는 변명하듯 말하다 뭔가를 깨달았다. 이곳에 있는 사람들, 아니 유령들이라고 해야 하나. 하여간 모두 살아있을 때는 본 적 없던 화려하고 아름다운 모습으로 꾸미고 있었다. 경비 아저씨도 고급스러운 양복을 입었고, 야쿠르트 배달을 했던 아주머니도 분홍색 립스틱을 바르고 상큼한 연둣빛 원피스를 입고 있었다. 그리고 모두들 하나같이 예쁜 구두를 신고 있었다.

죽지도 않았는데 왜 이곳에 왔냐는 할머니의 말에 현호는 고개를 저었다. 그럴 리가 없었다. 아니면 여기 있는 나는 뭐란 말인가. 죽지 않았는데 어떻게 유령들을 만나고 있단 말인가.

"그럴 리가……. 심장발작이 일어났다구요. 제가 죽지 않았다면 어떻게 여기 있는 거죠?"

반장 할머니가 살며시 웃었다.

"그럼 14층 아줌마는 어떻게 유령들이 떠드는 소리를 들을 수 있는 거지?"

"그건……."

현호가 말문이 막힌 채 쳐다보자 반장 할머니가 말을 이었다.

"이승과 저승의 경계가 칼로 자른 것처럼 분명할 거라고 생각하지 마. 이곳에도 살아있는 사람들의 흔적이 있고, 저곳에도 먼저 죽은 이들이 남긴 기억이 있으니까 말이지. 내 생각에 아마도 총각은 지금 반만 죽은 상태가 아닐까 싶은데."

"예?"

"발작이 일어나서 의식이 없는 상태지만 완전히 죽은 것은 아닌……. 뭐 그런 거 아닐까?"

할머니의 말에 다들 소란스러워졌다. 현호는 더 혼란스러워져서 머리를 감쌌다.

"그렇다면 아직 제가 죽지 않았다고 해도 이제 곧 죽겠네요. 제가 쓰러진 지 이미 한참 지났고 절 찾아올 사람도 없으니까요."

"정말 찾아올 사람이 없어요? 아무도?"

야쿠르트 아줌마가 걱정 가득한 눈빛으로 물었다. 현호는 고개를 끄덕였다.

"어떡해……. 이렇게 좋은 사람인데. 112에 전화라도 걸어주고 싶지만 그건 우리가 할 수가 없고."

"잠깐만요. 찾아올 사람이 있잖아요."

지하 주차장에서 현호와 접촉 사고가 있었다던 남자가 입을 열었다. 현호가 머리를 감싸 쥔 채로 그를 쳐다보았다.

"14층 아줌마요."

모두들 준비를 마쳤다. 가장 시끄럽고 신나는 곡들을 메들리로 틀 준비를 하고, 예쁜 구두를 단단하게 고쳐 신고, 혹시나 지치지 않도록 음식도 많이 먹어두었다. 현호는 아까 자신의 집 앞에 놓여 있었던 쓰레기들을 14층 아줌마의 집 앞에 마구 흩뿌려 던져놓았다. 그녀가 집에서 나왔을 때 분노에 차서 당장 15층으로 뛰어 올라가도록.

"총각이 아직 여기 오지 않으면 좋겠어. 이렇게 좋은 사람인데 말이야."

야쿠르트 아줌마의 말에 현호는 솔직하게 대답했다.

"……제가 뭐 그렇게 잘해드린 것도 없는데요. 무인 경비시스템에 찬성표 던져서 경비 아저씨 실직하게 하고, 아드님 엘리베이터에서 장난친다고 혼도 냈어요. 접촉 사고 때 그냥 넘어간 건 사실 저보다 그쪽 차가 더 상했기 때문이구요. 그런데 제가 무슨……."

반장 할머니는 음악의 볼륨을 높이며 현호를 향해 살짝 웃었다.

"죽은 다음에는 나쁜 일은 생각나지 않아. 언제나 즐거운 일, 좋았던 기억뿐이란다."

그리고 반장 할머니는 음악의 볼륨을 최대로 높였다. 다들 웃고 떠들며 즐겁게 춤을 추기 시작했다. 구두 굽 소리가 최대한 크게 울려 퍼지도록, 그들은 신나게 춤을 추고 노래를 불렀다. 노래 한 곡이 끝나고, 두 곡이 끝나도 그들은 지치지 않았다. 현호는 운명에 몸을 맡기고 눈을 감은 채로 그들의 노래에 맞춰 음악을 즐겼다. 이윽고 아래층 아줌마의 현관문이 열리는 기적이 났다. 현호는 눈을 감고 기도했다. 좀 더, 좀 더, 좀 더!

펑퍼짐하고 푸석한 아래층 아줌마가 머리끝까지 화가 나서 쿵쿵거리며 계단을 오르는 소리가 들려왔다.

박선미

벨을 몇 번씩 누르다 반응이 없자, 이번에는 주먹으로 문을 내리치기 시작했다. 쾅, 쾅, 쾅. 마치 심장이 뛰는 소리처럼.

작가의 말

이 이야기는 층간소음에 한참 시달리다가 쓴 단편입니다.

언제부터인가 밤 12시가 되면 쿵! 하고 망치로 벽을 치는 것 같은 큰 소리가 나기 시작했고, 그게 지속되니 이제 밤만 되면 긴장하게 되었습니다. 소심하게 끙끙대고 있었는데, 그 큰 소음으로 괴로워하던 것은 저뿐만이 아니었던 모양입니다. 어느 날부터 엘리베이터에 층간소음에 주의해달라는 쪽지가 붙기 시작한 것입니다. 하지만 그 이후에도 망치 소리는 멈추지 않았고 더욱 화난 사람들은 제각기 하나씩 소음을 멈추라며 쪽지를 붙이기 시작했습니다. 나도 거들어볼까 하고 또 소심하게 생각하고 있던 어느 날, 이런 쪽지가 붙었습니다.

'밤마다 뭘 던지는지 시끄럽게 하는 9층! 한 번만 더 시끄럽게 하면 올라간다!'

9층은 바로 내가 사는 집이었습니다. 나는 얼굴 한 번 본 적 없는 아래층 사람에게 난데없이 공개적인 저격을 당해 사색이 되었고, 아래층을 찾아가 따지고 싶은 마음을 억누르며 대신 소심하게 쪽지를 붙였지요.

'우리 집이 아니고 다른 층이고, 우리도 소음 때문에 괴롭습니다.'

이 상황은 결국 소음의 당사자로 추정되었던 윗집이 이사 가면서 끝이 났습니다. 나중에 듣고 보니 윗집은 또 그 윗집의 개 짖는 소리에 스트레스를 받아서 밤마다 벽을 쳤다고 하더라고요.

이후 이런 생각이 들었습니다. 이렇게 사람들이 서로 얼굴도 안 보고 엘리베이터에서 쪽지로 대화하는 건 이상하다고. 소음이 그렇게 불만이면 한 번 정도 찾아가서 얼굴 보고 얘기한다고 무슨 큰일이 생기는 것도 아닐 텐데. 아래층 사람이 나에게 직접 찾아와서 얘기하지 않은 것도 이상하지만, 사실 나도 한 번쯤 위층으로 직접 찾아가서 얘기해볼 수도 있었을 텐데. 이런 복잡한 마음으로 쓴 이야기입니다. 물론 생각만 그렇게 했을 뿐이고 아직도 저는 아파트 속 얼굴 없는 인간 1로 살아가고 있습니다.

당시에 층간소음의 스트레스를 못 이겨서 혼자 쓴 글을, 독자분들에게 보여드릴 기회를 주신 고즈넉이엔티에 감사드립니다.

붉은 재킷

정종균

1992년생. 장편소설 『미술관 아르쿠스』와 『낙원을 향해서』, 여행기 『스무 살의 문턱에서 올레를 걷다』와 『지중해에 안기다』를 집필 했다. 방송작가로 활동하며 제41회 근로자문학제에서 희곡 부문 으로, 제5회 아산문학상에서 평론 부문으로 수상했다. 장르에 구애받지 않고 다양한 글을 쓰고자 노력 중이다.

형사님, 진정하시고 앉아보세요.

심정은 이해합니다.

지금 눈앞에 아드님을 유괴한 범인이 있는데, 진정하기 어려우시겠지요.

하지만 전 약속은 지킵니다. 앞서 약속한 대로 아드님은 무사합니다. 정말이에요. 형사님의 아드님을 제가 잠시 데리고 있던 것은 맞지만, 정말 털끝 하나 건드리지 않았습니다. 맹세할 수 있어요.

저도 지금 밖에 경찰들이 대기하고 있다는 걸 알고 있습니다. 제게 사살 명령이 내려졌다는 것도 알고 있죠. 아이를 유괴한 납치범에게 자비는 없으니까요. 아마 제가 요 앞에서 얼굴만 살짝 들이밀어도 바로 총알이 날아와 제 머리를 수박 부수듯 부수겠죠.

저항할 생각은 애초부터 없었습니다. 도망칠 생각도 없어요. 약속한 대로 10분, 딱 10분만 제 이야기를 들어주시면 형사님과 함께 이곳을 나가겠습니다. 그리고 순순히 붙잡혀 법의 심판을 받겠습니다. 사람 대 사람으로 한 약속이니, 제발 믿어주시면 좋겠군요.

그러니 부디 10분만 제 이야기를 들어주세요. 마음

같아서는 차라도 한잔 마시면서 느긋하게 이야기하고 싶지만, 형사님에게 그럴 만한 시간이 없는 것 같으니 10분 안에 모든 걸 설명해드리겠습니다.

이제 와서 말씀드리는 거지만, 전 이렇게 독대할 순간을 오랜 기간 기다리고 있었습니다. 사실 전 오래전부터 형사님 주위를 맴돌고 있었어요. 혼자였던 형사님이 멋진 여자분을 만나고, 그분과 사랑을 나누고, 결혼을 하는 순간에도 항상 멀리서 지켜보고 있었습니다.

안 믿으시는 눈치 같으니, 형사님 결혼식 이야기를 좀 해볼까요? 결혼식 날, 갑자기 일기예보에도 없던 비가 와서 고생 꽤나 하셨잖습니까. 하필 야외 결혼식이어서 보통 난리가 아니었죠.

당시 저는 형사님 쪽 하객에 섞여 있었습니다. 형사님은 후다닥 달려와서 하객에게 고개를 꾸벅 숙이고는, 비가 오니 우선 근처 건물 안으로 들어가라고 하셨죠. 그때 형사님은 지금처럼 상기된 얼굴로 어쩔 줄 몰라 하셨어요. 예상치 못한 상황에 당황해 허둥대는 모습이 아직도 눈에 선합니다.

그 와중에 아내분은 긴 웨딩드레스 자락에 걸려 제대로 걷지도 못하셨죠. 보다 못한 제가 나서 웨딩드레스의 긴 옷자락을 대신 잡아드렸잖습니까. 형사님은 제게

와서 '누군지는 모르지만, 고맙다'며 웃으셨죠. 형사님에게 그런 말을 들으니, 기분이 참 복잡하더군요. 그때 아주 잠깐이나마 형사님이 저를 알아보면 어쩌나 싶었거든요.

아드님이 세 살 무렵에 갑자기 열이 났을 때도 마음고생을 참 심하게 하셨죠. 열이 펄펄 나서 의식을 잃은 아들을 데리고 택시를 잡기 위해 새벽 거리를 휘젓고 다니셨잖습니까. 그때, 지나가던 택시 한 대를 운 좋게 붙잡아 응급실에 무사히 도착할 수 있었죠. 덕분에 아드님은 무사했고요.

당시 그 택시를 몰았던 기사도 바로 접니다. 형사님의 가족에게 무슨 일이 있을지 몰라 늘 주위를 맴돌고 있었거든요. 그래야 만약의 사태를 대비할 수 있으니까요. 감사하다는 인사는 됐습니다. 형사님에게 아드님이 중요한 만큼, 제게도 형사님의 아드님은 굉장히 중요한 존재거든요.

다시 아드님 이야기로 돌아갈까요?

아드님이 덩치 하나는 좋더군요. 멀리서 보면 어른으로 보일 정도라니까요. 누가 형사님 핏줄 아니랄까 봐 덩치 하나는 형사님을 쏙 빼닮았어요. 그렇게 덩치 큰 아들을 두셔서 정말 든든하시겠습니다.

먹성도 좋더군요. 케이크를 사주니 좋아라 하면서 하나를 다 먹더라고요. 평소에 간식을 잘 사주지 않는다면서요? 아드님이 '아빠는 몸에 좋지 않다고 이런 거 안 사주는데, 아저씨는 이런 걸 사줘서 좋아요!'라면서 해맑게 웃는데, 정말 저도 모르게 흐뭇한 웃음이 나오더라고요. 저는 형사님 덕분에 케이크는 입에도 못 대는데도 말입니다.

아드님은 지금 자신이 납치를 당했다는 사실도 모릅니다. 그냥 우연히 친해진 친절한 아저씨와 재밌는 장난을 치는 중이라고 생각하고 있어요. 함께 놀이공원에 놀러 가고, 게임을 하고, 밤늦게까지 텔레비전을 봤죠. 정말 즐거운 시간이었습니다.

형사님은 모르시겠지만, 저는 형사님이 아들을 가지시길 기다렸습니다. 그래서 아내분이 임신하셨을 때, 이왕이면 사내아이가 태어나길 바랐습니다.

딸이면 제대로 기분이 안 날 것 같았거든요. 물론 딸이 태어난다고 해도 계획이 달라지진 않았겠지만, 이왕이면 아들이어야 감정 이입이 쉬우니까요. 다행히 하늘이 제 기도를 들어주셨는지, 형사님은 아버지를 꼭 빼닮은 아들을 얻으셨죠.

자식을 가지면 어떤 기분이 드십니까?

전 궁금합니다. 전 결혼도 안 했고, 자식도 없습니다. 부모님도 돌아가셔서 피붙이라고 부를 사람은 아무도 없죠.

그래도 때때로 상상하곤 합니다. 나와 내가 사랑하는 사람을 반반 닮은 누군가가 있다면 어떨까. 정말 멋진 일이죠. 아무리 이기적이고 험악한 사람이라도 자기 자신만큼은 사랑하는 법이잖아요. 어떻게 보면 자식은 또 다른 나이기에 어쩔 수 없이 사랑할 수밖에 없는 것 같아요. 모든 부모가 그렇잖아요. 자식이 아프면 내가 아픈 것 같고, 자식이 죽으면 내가 차라리 죽었으면 하죠.

아, 오해 마십시오. 말은 이렇게 했지만, 앞서 말씀드렸던 대로 아드님은 멀쩡합니다. 잘 살아있어요. 아무튼 제가 말하고 싶은 요지는 이겁니다. 과연 형사님처럼 거친 분도 자식을 사랑할까. 저는 항상 이 의문 속에서 살아왔습니다.

모든 부모는 어떤 식으로든 자식을 사랑하기 마련입니다. 하지만 예외는 어디든 있지 않습니까. 자식을 자신의 소유물로 생각하는 몹쓸 부모들이요. 학대와 방치를 일삼는, 부모라는 단어도 아까운 쓰레기들 말입니다. 저는 행여나 형사님이 그런 분이 아닐까 많이 걱정했습니다.

듣자 하니, 형사님은 바쁘셔서 아드님과 좋은 시간을 많이 보내지 못하셨다면서요? 주말에 잘 들어오지 않는데다, 휴일에는 그냥 잠만 주무신다면서 아드님이 불만이 많던걸요. 거기다 툭하면 고함을 지르고 화만 내는 통에 아드님은 형사님을 무척이나 무서워하고 있었어요.

그래서 아드님이 아버지에 대한 불만을 이야기할 때마다 가슴이 철렁하곤 했어요. 형사님이 아드님을 사랑하지 않으면 어쩌나 해서 말이죠.

알죠, 압니다. 형사님도 형사님 방식대로 아드님을 사랑하시겠죠. 다만 표현을 안 하셨을 뿐일 겁니다. 그래도 아드님은 아직 그런 걸 이해할 나이가 아니잖습니까. 뭐, 덕분에 일이 수월하게 진행된 건 사실입니다. 아드님은 툭하면 화만 내는 무서운 아버지보다 살갑게 구는 친절한 아저씨를 더 따르게 됐으니까요.

아드님과 친해지는 건 어렵지 않았습니다. 아드님 곁을 맴돌면서 아드님에 대한 걸 죄다 알아냈거든요. 그 또래 아이들은 공감할 만한 주제 하나만으로도 쉽게 마음을 열죠.

혹시 형사님은 아드님이 몇 반인지 아십니까? 취미는요? 좋아하는 가수는요? 가장 친한 친구는요? 모르시죠? 저는 압니다. 그래서 말 몇 마디로 저는 믿음직한 친구가 될 수 있었죠.

아드님과 친해지면 친해질수록, 저는 정말 많이 흔들렸습니다. 형사님은 그다지 아드님을 중요하게 생각하지 않으시는 것 같았거든요. 그래서 한동안은 이 계획을 전부 포기해야 하나, 싶었습니다. 그러다 요 몇 주 전, 운동회를 보고 생각이 바뀌었죠.

형사님, 근래에 연쇄 부녀자 살인사건 때문에 골치 좀 앓으셨잖아요. 범인이 워낙 신출귀몰한 놈인 데다, 언론에서 들쑤신 덕에 밤을 며칠이나 꼬박 새우셨잖아요. 집도 제대로 들어가지 못하고, 끼니도 제대로 잇지 못하셨죠.

그런데 아들이 운동회를 한단 소식에 비틀거리면서 학교까지 가셨죠. 며칠 동안 쉬지 못해 당장이라도 쓰러질 것 같으면서도 고래고래 소리치면서 아들을 응원하셨잖습니까. 저는 그 모습을 보고 감격했습니다. 그리고 깨달았죠. 형사님처럼 거친 분도 자식은 사랑한다는 사실을요.

저도 저를 그렇게 사랑해주시는 아버지가 계셨습니다. 무뚝뚝하지만 정이 깊고, 언제나 저를 신경 써주시는 그런 분이셨어요. 바쁜 와중에도 아들을 위해서라면 뭐든지 하는 남자 중의 남자였죠. 전 아마 저희 아버지

같은 사람은 죽어도 못 될 겁니다.

저는 어머니가 일찍 돌아가시는 바람에 아버지와 단둘이 살았습니다. 제 아버지는 근처 상가에서 잡역부로 일하셨어요. 혼자서 저를 키우기 위해 새벽부터 저녁 늦게까지 어떤 일도 가리지 않고 하셨죠. 그래서 저는 항상 집에 혼자 있었습니다.

그날도 그랬습니다. 아직도 선명하게 기억해요. 눈이 펑펑 내리던 크리스마스이브였죠. 길마다 캐럴이 울려 퍼지고, 즐거운 추억을 만들기 위해 시내로 나온 가족들로 가득했습니다. 하지만 저는 그런 분위기에 왠지 심통이 났습니다. 집안 형편 탓에 남들처럼 흥겨운 크리스마스를 보내지 못했으니까요. 텔레비전이나 보면서 시간을 죽이는 게 제가 할 수 있는 일의 전부였죠.

그렇게 하릴없이 텔레비전을 보다가 우연히 케이크 광고를 봤습니다. 크리스마스에 가족들이 케이크 하나를 나눠 먹으면서 행복한 시간을 만끽하는 내용이었죠. 저는 광고 속 가족들이 무척이나 부러웠습니다.

마침 아버지가 퇴근을 하고 집에 돌아오셨죠. 저는 피곤에 절은 아버지를 붙잡고 광고에 나오는 케이크를 먹고 싶다고 졸랐어요. 딱히 배가 고팠던 건 아닙니다. 그냥 광고 속 가족들처럼, 저도 단란한 행복을 느끼고 싶었어요.

아버지는 그런 제게 무척이나 미안하셨던 모양입니다. 어쩌면 아버지도 단출하게나마 크리스마스 분위기를 즐기고 싶으셨을지도 모릅니다. 아무튼 아버지는 제 칭얼거림에 흔쾌히 밖으로 나가셨어요. 늘 입던 낡은 붉은 재킷 하나만 걸친 채로요.

그리고 그게 제가 본 아버지의 마지막 모습이었습니다.

아버지는 영영 돌아오지 못하셨습니다. 불운한 사고에 휘말리셨거든요. 형사님도 잘 아실 겁니다. 그때, 크리스마스 특유의 어수선한 분위기를 이용해 한 은행에 강도가 들었죠.

그 강도는 교묘하게 경찰의 포위를 뚫고 도망치다 한 상가에 숨어들었습니다. 그 강도는 우리 아버지가 입고 있던 것과 같은, 비슷한 색의 붉은 재킷을 입고 있었지요.

거기까지는 크게 문제 될 건 없었습니다. 비슷한 옷을 입고 있는 사람이야 널리고 널리지 않았습니까. 다만, 그 은행 강도를 뒤쫓고 있던 한 형사가 오판을 한 게 문제였죠.

그 형사는 은행 강도를 놓쳐서 신경이 많이 날카로워져 있던 데다가, 크리스마스이브 특유의 어수선한 분위기 때문에 냉정한 판단을 내릴 수 없는 상황이었어요.

마침 비슷한 옷을 입은 제 아버지가 앞에 걸어가고 있었죠. 그 형사는 주저하지 않고 방아쇠를 당겼습니다. 아버지의 손에는 혼자 크리스마스를 보내고 있을 아이를 위한 케이크가 들려 있기까지 했는데도요.

형사님, 정말 궁금해서 묻습니다. 어떻게 흉악무도한 은행 강도와 아들을 위해 케이크를 사 들고 귀가하던 가장을 헷갈릴 수 있나요? 어떻게 골격과 얼굴도 모두 다른데 고작 비슷한 재킷을 입었다는 이유로 총을 쏘실 수 있는 겁니까? 왜 조금도 주저하지 않으셨습니까? 아주 잠깐, 얼굴을 자세히 볼 여유조차 없으셨습니까?

맞아요, 제 아버지는 형사님의 손에 죽었습니다. 아무 죄도 짓지 않았죠. 그냥 근처에 있던 은행 강도와 비슷한 옷을 입고 있었다는 이유로 오해를 받아 죽었습니다.

밤이 새도록 아버지가 돌아오길 기다리고 있던 저는 이 소식을 듣고 눈물도 나지 않았어요. 너무 황당해서요. 차라리 저희 아버지가 끔찍한 죄를 지어 죽었더라면, 그나마 합당한 이유가 있다고 생각해 편했을 겁니다.

그 와중에도 형사님은 끝까지 은행 강도를 추격해 사살하셨죠. 뉴스에서 나와 사건을 브리핑하던 형사님은 참 멋있었습니다. 그리고 이렇게 말씀하셨죠. '불미스러운 실수가 있었으니 이해해달라.'

실수, 그래요. 모든 건 실수였습니다! 형사님에게는 그저 모든 게 불미스러운 실수였던 겁니다. 그리고 저는 그걸 이해해야 할 책임을 떠안았죠.

저는 아직도 그때를 생각하면 힘듭니다. 그 사건이 일어난 지 십수 년이 지났지만, 아직도 도저히 받아들일 수 없어요. 꼭 제가 아버지를 죽음으로 몬 것 같아 아직도 케이크를 보면 구역질이 치밉니다.

처음에는 어떻게든 형사님을 만나 앙갚음을 해주고 싶었어요. 별의별 생각을 다 했죠. 이 억울한 사건을 널리 알려서 사회적으로 매장을 시켜버릴까, 몰래 집에 들어가 음식에 약을 탈까, 칼을 들고 숨어 있다가 목을 찔러 죽여버릴까, 아주 많은 고민을 했습니다.

그러다 어느 순간 불현듯 이런 생각이 들더군요.

과연 나라고 해서 형사님과 다를까?

같은 상황이었다면 다른 판단을 내릴 수 있었을까?

사람이란 존재는 본디 불완전한 존재가 아닙니까? 사람이라면 누구라도 실수를 할 수 있는데, 과연 제가 무슨 권한이 있어 이를 심판할 수 있을까요? 우리는 그 누구도 자신의 앞날을 정확히 예측할 수 없습니다. 형사님의 결혼식에 갑자기 비가 쏟아지거나, 아드님이 한밤중에 열이 나서 응급실 신세를 진 것과 마찬가지로요.

여기까지 오니 조금 자신을 돌아보게 됐습니다. 그래요, 저 또한 형사님과 같은 상황에 처했을 때, 같은 실수를 하지 않으리라는 자신이 없습니다. 사실 사람이라면 누구나 형사님과 같은 실수를 할 수 있죠.

그러면서 일종의 깨달음을 얻었습니다. 따지고 보면 형사님의 말이 틀린 것은 아닙니다. 사람은 누구나 실수를 할 수 있고, 우리에게는 질책보다 그 실수를 너그럽게 이해하는 관용과 용서가 필요합니다. 이건 형사님도 동의하시죠? 하하하. 형사님이 동의를 안 하시면 안 되죠. 그렇지 않으면 저희 아버지의 죽음은 설명이 되지 않으니까요.

잡소리가 길어졌네요. 아무튼 아드님이 납치된 이후, 마음고생이 심하셨다고 들었습니다. 제 아버지도 제가 어느 날 누군가에게 납치되면 그러실 거예요. 사리 분별 못 하는 아이가 어디 가서 무슨 꼴을 당했는지도 모르는데, 어느 부모가 마음이 편하겠습니까.

거기다가 피로 쓴 협박 편지나 아이의 비명이 섞인 영상이 시시때때로 날아오니, 누구라도 냉정을 유지하기 힘들 겁니다. 그래도 너무 걱정은 하지 마세요. 지금까지 언론사에 보낸 편지나 영상은 전부 조작된 겁니다.

지금 제 손가락에 있는 상처 보이시나요? 협박 편지

에는 아드님의 피를 뽑아 편지를 썼다고 했지만, 어떻게 어린아이에게 그런 짓을 할 수 있겠습니까. 당연히 제 몸에서 뽑은 피로 썼죠. 저는 그렇게 파렴치한 짓은 못 합니다.

영상 역시 제가 적당히 짜깁기해서 만든 겁니다. 요즘은 기술이 좋아서 그럴듯한 게 금방 만들어지더군요. 숨길 마음은 없었습니다. 그냥 저는 형사님이 그런 걸 보면서 애가 타시길 바랐거든요. 또 그래야 경찰도 사건의 심각성을 알고 공개수사에 들어갈 것 같기도 했고요.

공개수사에 들어가면서 형사님이 뉴스에 나와서 말씀하셨죠? '이제 온 국민이 네 존재를 알고 있으니, 모든 사람이 목격자고 감시자다. 허튼 생각 하지 말고 자수해라.' 형사님은 아마 그 말을 듣고 제가 사람들의 눈을 무서워할 거라고 생각하셨을 겁니다.

하지만 정반대예요. 저는 모두가 저를 알아볼 수 있다는 생각에 기뻤습니다. 겸사겸사 그걸 본 경찰들이 경악해서 빨리 저를 잡으러 왔으면 했죠. 아니, 정확히 말하자면 모두가 어서 빨리 저를 죽이러 왔으면 했습니다.

그래서 저는 수배가 내려졌을 때, 일부러 사람들이 알아보기 쉽도록 새빨간 재킷을 꺼내 입었습니다. 저희 아버지가 입으셨던 것과 똑같은 색의 옷을 말입니다.

그리고 아드님을 데리고 일부러 눈에 띌 만한 곳을 돌아다녔죠. 형사님이, 경찰이, 전 국민이 붉은 재킷을 입은 저를 알아봐줬으면 해서요.

열심히 돌아다닌 덕분에 제 존재는 쉽게 대중들 사이에 퍼졌죠. 혹시 인터넷이나 SNS를 보셨습니까? 지금 제 얘기로 떠들썩합니다. 혹시 사람들이 저에 대해 어떻게 말하는지 아십니까?

'흉악한 아동 납치범, 붉은 재킷의 남자!', '붉은 재킷, 과연 그는 누구인가?', '아동 유괴 및 협박 사건의 용의자, 붉은 재킷!', '붉은 재킷을 입은 납치범, 잔혹한 아동 살인마!' 캬, 다들 어떻게 그렇게 기가 막히게 자극적인 제목만 골라 뽑는 걸까요? 다들 누가 먼저라 할 것 없이 온갖 괴담을 지어내더군요.

자칭 프로파일러라는 작자는 방송에 나와서 제가 영악한 사이코패스 겸 성도착증 환자라 아드님을 납치했을 거라며 그럴듯한 추론까지 하더군요. 그리고 편지나 영상을 증거랍시고 들이대면서 아드님의 생사가 불투명하다고 잔뜩 겁을 줬죠. 그걸 보고 얼마나 웃었는지 몰라요. 그때 아드님과 피자를 나눠 먹으며 극장판 애니메이션을 실컷 보고 있었거든요.

참 재밌지 않습니까? 저는 그저 아드님의 손을 잡고

이곳저곳을 기웃거렸을 뿐인데, 다들 멋대로 그럴듯한 이야기를 지어내더니 어느 순간 저는 죽어 마땅한 흉악범이 되었습니다. 지금 밖에 있는 무장한 경찰들 역시 모두 저를 어서 죽이고, 아이를 구해야 한다는 정의감에 가득 차 있을 겁니다.

그래도 형사님의 말씀이 아주 틀린 건 아닙니다. 모두가 목격자 겸 감시자가 되어서 누가 먼저라고 할 것 없이 제 행적을 제보하기 시작했지 않습니까. 그 덕에 형사님이 빠르게 저를 쫓아올 수 있었죠. 그리고 지금은 이렇게 독대까지 하고 있군요.

제 계획은 여기까지가 끝입니다. 제 이야기를 들어주셔서 감사해요. 이 모든 일의 마지막에 이른 만큼, 예의상 형사님에게는 모든 진실을 말씀드려야 한다는 생각이 들었거든요. 형사님은 그걸 들을 만한 가치가 있는 분이니까요.

거기다 자식이 납치됐으니 애간장이 타실 텐데, 말로나마 상황을 설명해드려야 조금이라도 일찍 마음을 놓으실 거 아닙니까. 고생하신 형사님을 위한 제 작은 배려라 생각해주시면 감사하겠습니다.

이제 약속했던 10분이 거의 끝나가고 있군요. 약속은 약속이니, 이제 가서 형사님과 함께 밖으로 나가 붙잡

히겠습니다. 그리고 어떤 법의 처벌이든 달게 받지요.

아드님이요? 무사하다고 몇 번이나 말씀드렸잖습니까.

형사님이 들어오시기 전까지 같이 있었습니다. 그러다 형사님이 제게 오시는 걸 보고 내보낼 준비를 마쳤죠. 다만, 이대로 영영 헤어진다고 생각하니 여간 아쉬운 게 아니었어요. 나름 같이 지낸 시간이 각별했거든요. 그래서 모형 총 장난감 하나를 선물했습니다.

요즘 장난감은 참 대단하던데요. 멀리서 보면 진짜인 줄 알 정도로 세밀하더군요. 사내아이라서 그런가 아드님은 그걸 받고 뛸 듯이 좋아했습니다. 하하하. 그 모습이 어찌나 귀엽던지. 일부러 비싼 선물을 고른 보람이 있었습니다.

그리고 형사님이 저와 독대하시기 바로 직전에 뒷문으로 내보냈습니다. 걱정하지 마세요. 날이 추운 만큼, 제가 늘 입고 다니던 빨간 재킷을 단단히 입혀 보냈습니다. 아이가 덩치가 있어서 그런지 제 옷을 입히니까 얼추 맞더라고요.

아드님에게는 저기, 골목 뒤편에 숨어 있다가 10분 뒤에 '짠' 하고 나타나 모두를 놀라게 해주라고 당부했습니다. 이왕이면 제가 선물한 모형 총 장난감을 이리저리 흔들면서요. 그러면 어른들도 재밌어할 거라고 귀

띔까지 해줬죠. 아드님은 어른들을 놀래킬 생각에 깔깔
거리며 기뻐했습니다.

물론 제정신이 박힌 사람은 저와 아드님을 헷갈리지
않을 겁니다. 하지만 저기 밖에 대기 중인 경찰들은 어
떨까요? 안 그래도 사살 명령을 받고 신경이 날카로운
데, 제가 자주 입고 다니던, 눈에 아주 잘 띄는 빨간 재
킷을 입은 누군가가 눈앞에서 총을 흔들어대면 어떻게
행동할까요?

어라, 왜 그런 표정을 지으십니까?

사람은 누구나 실수할 수 있잖습니까.

이해해야죠. 안 그렇습니까?

작가의 말

　여러모로 부족하지만, 나름 작가 나부랭이로 살고 있습니다. 작가는 글로 자기 자신을 설명해야 하는 법이니 자질구레한 이야기보다는 단편소설 한 편으로 스스로를 소개합니다. 분량이나 장르에 얽매이지 않고, 뇌리에 깊숙이 박혀 언제까지고 곱씹으며 기억할 수 있는 작품을 쓰고자 합니다. 앞으로 자주 인사드리기를 희망합니다.

감점 포인트

김승윤

중앙대학교 문예창작학과를 졸업했다. 2019년 제28회 용아 박용철 전국 백일장에서 우수상을 받았다.
앞으로 쓰고 싶은 이야기, 써야 할 이야기를 선보일 예정이다.

밥 먹고 제때 설거지 안 하면 마이너스 일.

재활용 쓰레기 버리지 않으면 마이너스 일.

돌아올 때 세탁물 안 찾아오면 마이너스 일.

서희는 속으로 오늘 할 일에 마이너스 점수를 부여하며 이를 닦았다. 일정한 속도로 양치를 하다가 세면대 위에 둔 모래시계 알갱이가 다 떨어졌을 때 입을 헹궜다. 평소처럼 입을 열 번 정도 헹구고 나선 얼굴을 씻고 머리를 감았다. 허리를 최대한 구부려 옷에 물이 튀지 않도록 하면서. 린스까지 헹군 서희는 수건으로 머리를 싸맸다. 그러고서 뻐근한 허리를 천천히 들며 머리 위로 조그맣게 난 창을 올려다봤다. 창 너머로 먹구름이 잔뜩 끼어 있었다.

화장실에서 나오고 보니 창가 쪽 벽면에 하나가 바짝 붙어 앉아 있었다. 서희는 웬일로 일찍 일어났냐고 물어보려다 그만뒀다. 고개를 푹 숙이고 있어 눈을 떴는지 아닌지 알 수 없을뿐더러, 구부정한 그녀의 등이 일정한 간격으로 오르내렸기 때문이었다. 서희는 하나를 깨우지 않고 냉장고에서 식빵 두 개를 꺼내 토스트기에 넣었다. 그리고 어젯밤 정해둔 옷을 주섬주섬 입었다.

움직이기 편하면서도 추레해 보이지 않는 검은색 바지를 배까지 올려 입자, 때마침 토스트가 완성되었다. 서희는 잼도 바르지 않고 싱크대에 서서 빵을 먹었다. 빵 부스러기가 싱크대 여기저기에 떨어졌다. 금세 빵 두 개를 다 먹고서 물을 틀어 싱크대를 한 번 닦았다. 마이너스 일은 넘겼다, 하고 생각하며 서희는 하나를 돌아보았다.

언니 일어나. 나 이제 곧 나가.

……밖에 비 와?

앉은 상태로 벽에 기대고 있던 하나가 웅얼거렸다.

밖에 나가서 확인해보면 어때? 벌써 한 달째잖아.

서희는 그렇다, 아니다 대답하는 대신 이번 기회에 하나를 밖으로 나가게 해야겠다고 생각했다. 서희의 자취방에 온 한 달 전부터 지금까지, 그녀는 한 번도 나간 적이 없었다. 계속 집에만 있었다고 직접 얘기하진 않았지만, 손바닥 크기의 정사각형 여섯 개로 이루어진 현관을 보면 알 수 있었다. 하나의 신발은 첫날 놓았던 상태 그대로였으니까. 그녀의 신발이 그것밖에 없었기에 추측은 더욱 쉬웠다.

하나는 서희의 물음에 대답하지 않고, 바다를 보러 가자고 작게 웅얼거렸다. 한 달 내내 같은 말이었다. 서희는 못 들은 체하며 의자에 걸쳐둔 롱패딩을 입었다. 그러고서 평소 걸음걸이보다 보폭을 넓혀 빠르게 현관으로 향했다. 고작 네 걸음이었지만 그것은 하나가 온 이후로 생긴 서희의 습관이었다.

다녀올게.

서희는 현관문 옆에 놓아둔 재활용 쓰레기봉투를 들었다. 반대 손으로 문을 살짝 열자 차가우면서도 습한 공기가 문틈으로 들어왔다. 서희는 롱패딩으로 미처 다 덮지 못한 다리를 내려다보다 밖으로 나갔다. 빗소리가 들리기 시작했다.

* * *

서희는 대치동에 있는 논술 학원에서 강사로 일했다. 누군가를 가르치는 대신 등록과 수납을 하고 두 시간씩 치는 논술 시험을 감독했다. 오전 9시에 시작해 오후 6시에 끝나는 이 일을 하려면, 7시에 집에서 나가 8시에 돌아와야 했다. 집에서 대치동에 있는 논술 학원까지 가는 데에만 두 시간, 갔다가 다시 오는 데에 합쳐서 네 시간이 걸리는데도 서희는 어쩔 수 없는 일이라 생각했다. 학생들이 몰리는 12월 말부터 2주간은 원래 시간보다 두 시간 더 늦게 퇴근하는 게 자연스러운 일이라는 것 또한 마찬가지였다. 계약서엔 없지만 자연스러운 일이고, 자연스럽기에 어쩔 수 없다 여겨지는 것이었다. 그리고 어쩔 수 없다 여겨지는 것을 받아들이는 건 이미 익숙한 일이기도 했다.

서희는 북적이는 지하철 안에서 사람들의 머리와 인중 냄새를 맡으며, 또다시 해야 할 일에 마이너스를 부여했다.

지각하면 마이너스 일.

점심 전까지 시험지 타이핑 못 하면 마이너스 일.

퇴근할 때까지 채점 못 끝내면 마이너스 일.

학원에서 해야 할 일에 마이너스 육까지 부여할 때쯤, 주머니에 넣어뒀던 휴대폰이 진동했다. 서희는 사람들과 밀착되어 더욱 고스란히 느껴지는 진동을 꺼질 때까지 그대로 두었다. 움직일 틈이 없어 휴대폰을 꺼내지 못해서가 아니었다. 확인하지 않아도 전화한 상대가 누구인지 알기 때문이었다.

역에 도착하자 사람들이 우르르 내렸다. 서희 또한 떠밀리다시피 내려 계단을 올랐다. 교통카드를 개찰구에 찍으며 서희는 휴대폰을 확인했다. '엄마'라고 찍힌 부재중 전화에 서희는 거봐, 하고 중얼거렸다.

엄마의 전화는 하나가 서희의 자취방에 온 날부터 시작됐다. 어릴 적부터 엄마의 관심은 늘 뭐든 잘하는 하나에게만 집중되었기 때문에, 서희는 출근 중에 걸려온 전화가 반갑기보다 두려웠다. 그도 그럴 것이 서희가 스무 살에 처음 아르바이트를 시작할 때도, 스물두 살에 자취를 시작할 때도 그녀의 엄마는 아무런 간섭도 하지 않았으니까. 서희를 믿어서는 아니었다. 그저 돌아볼 이유가 없어서였고, 서희도 그걸 잘 알고 있었다. 그러나 먼저 걸려온 전화가 갑작스러운 동시에 궁금했기에, 그날 서희는 출구 계단을 오르면서 전화를 받았다.

서희야, 하나 좀 말려봐라.

엄마는 다짜고짜 하나 얘기부터 꺼냈다. 오랜만의 전화였는데도 잘살고 있냐는 말도 없었다. 무어라 말할지 틈 들이지도 않았고, 대뜸 연락한 것에 미안한 기색도 없었다. 하지만 서희는 서운하지 않았다. 어쩌면 전화가 왔을 때부터 은연중에 눈치채고 있었는지도 모른다. 분명 하나와 관련된 일일 것이라고. 서운했다면 오히려 그건 감점을 받는 거나 마찬가지라고.

서희야, 네 언니 좀 어떻게 해봐라. 그깟 면접 하나가 뭐라고 이 난리니.

서희는 학원 건물 앞에 다다를 때까지, 3층을 계단으

로 올라갈 때까지 엄마의 말을 들어야 했다. 그리고 도 착해서도 하나 걱정을 늘어놓는 엄마 때문에 문 앞을 왔다 갔다 해야 했다. 전화를 끊지도 못하고 휴대폰 시계를 자꾸 확인하면서. 그러다 9시 1분이 되었을 때 서희는 손끝이 차가워지는 것을 느꼈고, 2분이 지났을 땐 등골에 소름이 돋았다. 3분이 지났을 땐 엄마, 하고 불렀지만 그녀는 서희의 말을 들은 체도 하지 않았다. 그리고 4분이 지났을 때야 서희는 애원하다시피 엄마에게 말했다.

엄마, 나중에. 나중에 통화해. 나 벌써 지각이란 말이야.

울음 섞인 서희의 목소리에 그녀의 엄마는 잠깐 말을 멈추더니 곧 한숨을 내쉬었다.

서희 너는 어쩜…….

엄마는 서희에게 하나가 이미 서울로 올라갔으니 잘 설득해보란 말을 남기고 전화를 끊었다. 그러나 전화가 끊기고 5분이 더 지나서도 서희는 학원 안으로 들어갈 수 없었다. 학원 원장님이 밖으로 나와 서희 씨, 하고 부르지 않았더라면 더 오래 우두커니 서 있었을지도 모른다. 엄마가 전화하지 않았더라면, 엄마가 그런 말 따위 하지 않았더라면. 하나가 그러지 않았더라면, 하나가 면접에서 떨어지지 않았더라면. 그렇다면 감점을 받지 않아도 되었을 텐데.

결국 서희는 학원에 들어오자마자 9시 10분이 넘어간 시계를 확인하며 자신에게 마이너스 점수를 매겼다. 그 때문에 종일 원장님의 눈치를 살폈고, 시선이 마주치지 않게끔 조심해야 했다.

스무 명의 학생들이 논술 시험지를 읽고 있었다. 새로 등록한 학생들의 실력을 시험해보는 시간이었다. 서희는 칠판 앞에 앉아 고개 숙인 스무 명의 학생들을 보며 생각에 잠겼다.

하나는 언제까지 이곳에 있을지, 언제까지 출근할 때마다 엄마의 전화를 받아야 하는지. 서희는 매일 집에만 있는 하나가 이해되면서도 이해되지 않았다. 면접한 번 떨어졌다고 갑자기 찾아와 눌러앉은 하나. 분명처음엔 서희도 하나의 면접 결과에 안타까워했다. 서희에게 면접 탈락은 마이너스 점수가 부여될 만큼 큰 문제니까. 그렇기에 기운 없어 보이는 그녀의 옆에 앉아 괜찮다고 말해주기도 했다. 그러나 하루가 일주일이 되고, 보름, 한 달이 될 때까지 그대로인 것은 도무지 이해하기 어려웠다. 다음 면접을 준비하지 않고 가만히 있는 건 그저 마이너스 점수만 쌓는 일이었다. 심지어 아무엇도 하지 않는 하나의 모습은 어떤 때보다 편해 보이기도 해, 서희는 더 마음에 들지 않았다.

서희는 속으로 한숨을 삼키고서 고개를 돌렸다. 칠판틀에 기대 놓은 벽시계가 보였다.

10분 남았습니다.

서희의 말에 시험지 넘기는 소리가 더욱 부산스럽게 들렸다.

마무리하세요.

두어 명의 학생이 기다렸다는 듯 자리에서 일어났다. 의자 끄는 소리에 시험지 넘어가는 소리가 잠깐이나마 묻혔다. 가방을 챙기고 일어난 두어 명의 학생이 시험지와 답안지를 서희 앞 책상에 내고 나갔다. 여기저기서 괜히 필통을 뒤적이거나 손가락으로 책상을 두드려대는 소리가 들렸다.

모두 거기까지만 하고 시험지와 답안지 분리하여 제출해주세요.

남아 있던 학생들이 가지각색의 한숨을 내쉬며 자리에서 일어났다. 그들이 일어날 때마다 의자 끄는 소리가 났다. 그들의 마음과 그 무게에서 비롯된 소리라고, 서희는 생각했다.

서희는 학생들이 강의실에서 나가길 기다리는 동안

칠판 틀에 놓아둔 시계를 도로 벽에 걸었다. 걸고 나선 흐트러짐 없이 반듯하게 걸렸는지 네 발자국 떨어져 살펴보았다. 그리고 다시 책상으로 돌아왔다. 아직도 자리에 앉아 답안지를 작성하고 있는 학생이 보였다. 서희가 남아 있는 학생에게 다가가 말했다.

저 학생, 이제 제출해야 해요.

조금이면 되는데…….

아직 연습이니까 괜찮아요. 그보다 이렇게 하면 실제 시험에선 부정행위가 되고요.

부정행위라는 말에 그가 놀란 듯 눈을 크게 뜨고 서희를 올려다봤다. 서희는 그의 손이 멈춘 틈을 타 재빨리 답안지와 시험지를 빼냈다. 그러고서 도로 가져가지 못하게 다른 시험지 위에 겹쳐 놓았다.

정말 조금이면 된다고요…….

울먹이는 말에 서희는 그의 답안지를 곁눈질했다. 조금이긴커녕 답안지는 반 이상이나 비어 있었다. 서희가 별말 하지 않자 그는 고개를 푹 숙이며 계속 조금이면 되는데, 하고 중얼거렸다. 그 모습에 서희는 난감해졌다. 울면 달래줘야 하는데, 그조차도 힘든 일이기 때문이었다. 그러나 달래주지 않기엔 오늘까지 진행하는 학원비 100프로 환불 이벤트가 마음에 걸렸다. 서희는 혹여나 그가 학원 등록을 취소할까 봐 걱정됐다. 학생이 등록을 취소한다 해서 서희의 월급이 깎이는 건 아니었다. 그러나 서희는 월급 대신 다른 것이 깎이리란 걸, 사람들은 각자의 기준에서 누군가에게 감점을 매긴다는 걸 알고 있었다.

고개를 푹 숙이고 있던 그가 주섬주섬 가방을 챙기더니 벌떡 자리에서 일어났다. 끼이이익. 의자 끄는 소리가 길게 이어졌다. 서희는 입술을 깨물었다. 강의실을 나가는 학생의 뒷모습에 마이너스 일이라고 쓰여 있는 것만 같았다.

* * *

지하철에서 내리자 때마침 엄마에게서 전화가 왔다. 서희는 전화를 받지도, 수신 거부를 누르지도 않았다. 그저 주머니 안에 있는 휴대폰을 손으로 쥐고 있을 뿐이었다. 손안에서 진동이 점점 약해지는 걸 고스란히 느끼며, 서희는 마지막으로 강의실에서 나갔던 학생의 뒷모습을 떠올렸다. 어깨를 잔뜩 웅크리고서 조금이면 된다고 말하던 모습. 그건 아침에 벽에 기댄 채 자고 있던 하나의 등과 비슷하면서도 달랐다.

서희는 갑자기 화가 치밀어올랐다. 대체 하나는 왜. 서희는 속으로 한 글자씩 힘을 줘가며 하나에게 왜, 라고 되물었다.

하나가 자취방에 온 지 사흘이 되었을 때 서희는 인터넷 뉴스에서 회사 면접 논란에 대한 글을 찾아 읽었다. 논지를 흐린 질문이 있어 사과한다며, 회사 측에서 공식으로 올린 사과문이 첨부되어 있었다. 서희는 기사를 대충 훑어보고서 사과문 이미지를 저장해 옆에 있던 하나에게 보여줬다.

언니, 이것 좀 봐.

하나는 고개를 피하지도, 불편한 기색을 내비치지도 않았다. 오히려 그 글과 자신은 아무런 관련이 없다는 듯한 표정을 지었다. 글을 보여주었는데도 별 반응이 없자 서희는 초조해졌다.

이미 피해자는 트라우마 같은 게 생겼을 수도 있을 텐데. 그건 평생 남는 거잖아.

하나에게 어떤 반응이라도 끌어내고 싶어 한 말이었다. 그러나 그녀의 예상과 다르게 하나는 여전히 아무런 반응도 하지 않았다. 그저 고개를 끄덕이며 그러게, 하고 답할 뿐이었다.

반응을 끌어내지 못한 서희는 포기하고 하나보다 먼

저 침대에 누웠다. 누워서 내일 알람이 잘 맞춰져 있는지, 학원에서 온 연락은 없는지 확인했다. 그러고 나서 내일 입을 옷을 생각하고, 할 것들을 되뇌었다. 마지막으로 앨범에 저장했던 사과문을 삭제할 때쯤, 하나가 물었다.

서희야. 우리 그때 거기 갈까?

거기?

나 고등학교 졸업식 때 같이 갔던 곳 있잖아. 신두리 해안사구. 우리 그때 바다 못 봤잖아.

서희가 원한 반응이 아니었다. 서희는 앞으로 어떻게 취업 준비를 할 것인지에 대한 말을 원했지, 그 외의 것은 생각도 않고 있었다. 어떤 대답을 해야 할지 감 잡을 수 없어 곤란했다. 왜 이렇게 막무가내야? 서희는 입 안 가득 찬 말을 애써 삼켰다. 그러고서 최대한 에둘러, 하나가 듣기에도 어쩔 수 없을 만한 말을 골랐다.

어려울 거 같아. 출근도 해야 하고…… 하루 정도 뺄 수 있긴 하지만, 좀 그렇잖아. 눈치도 보이고, 분명 안 그런 척 뒤에서 욕하고 낄낄댈 테니까. 난 그런 거 싫어. 꼭 평가에서 감점된 것 같잖아.

말하면서 서희는 자연스레 하나를 등졌다.

둘 사이에 더 이상의 말은 오고 가지 않았다. 텅 빈 책장 안으로 적막이 들어선 것처럼 방 안은 평소보다 더 고요했다. 서희는 오른쪽 팔이 서서히 저려와도 몸을 틀지 못했다. 그러다 팔이 저린 것에도 익숙해질 때쯤 또다시 하나가 물었다.

그러면 서희야. 감점당했을 때 다시 그걸 메꿀 방법은 없을까?

하나의 말을 똑똑히 들었음에도 서희는 자는 척했다. 궁금해서 묻는 것이라기보단 꼭 자신을 책망하는 느낌이 들어서였다. 무엇보다 서희는 지금껏 감점만 매겼을 뿐, 깎인 점수를 다시 메꿀 방법은 생각도 하지 않았다. 어쩐지 서희는 창피해졌다. 하나에게 정곡을 찔린 느낌에 수치스러웠다. 그러다 시간이 지나도 가시지 않는 열기에, 애초에 감점되지 말았어야지, 하고 속으로 으름장 놓기도 했다.

지하철에서 꽤 걸어왔는데도 진동이 끊이질 않았다. 결국 서희는 주머니 안에서 휴대폰을 꺼내 들었다.

네 언니는 좀 어떠니.

두 손으로 휴대폰을 붙잡고 있을 엄마의 모습이 떠오르자 서희는 눈을 느리게 감았다 떴다. 그러나 엄마의 모습은 짙어져만 갔다. 한 손으로 휴대폰 뒷면을 받치

고 다른 손으로는 휴대폰 밑을 들고 서 있는 모습. 아무
도 없는 집 안에 홀로 있는 한 여자. 안타깝다는 생각보
다 누구든지 그처럼 될 수 있다는 생각이 들어 서희는
덜컥 무서워졌다.

엄만 젊을 적 한 회사에 두 번, 세 번이나 떨어진 적
있었다. 그런데도 지원하곤 했어. 그런데 하나가 어쩌다
이렇게 된 거니. 뭐가 문제인 거야, 도대체. 하나는 늘
잘해왔는데, 엄마는 너무 속상하다, 서희야. 이젠 하나
가 엄마 전화도 안 받아.

마치 하나를 설득할 수 있는 건 너밖에 없다고 말하
는 듯한 투에 서희는 가슴이 답답했다. 엄마에게서 그
러한 믿음을 받은 건 처음이었지만 기쁘긴커녕 오히려
불편했다. 지금 상황을 빨리 무마하고 싶었다. 그래서
서희는 냅다 알았다고 대답했다.

내가 할게. 설득하면 되잖아. 엄마는 진짜……!

듣고 싶은 말을 들었는지 엄마는 손바닥 뒤집듯 태도
를 바꿨다. 애원하던 투는 사라지고 금세 착 가라앉은
목소리로 그녀가 말했다.

그래. 한다 했으니 꼭 해야 한다.

그러고서 전화를 끊었다. 서희는 전화가 끊어졌는데
도 휴대폰을 귀에 댄 채 걸었다. 진즉 끊긴 전화를 붙잡

고서 뒤늦게 하기 싫다고 말하기도, 씩씩대기도 했다. 그러다 차오르는 눈물을 삼키며 중얼거렸다.

서운해하지 말자. 서운해하면 마이너스 일 점이야. 그러니까, 제발.

집에 도착한 서희는 신발을 채 다 벗지도 않고 성큼 성큼 안으로 들어왔다. 방바닥에 흙이 떨어지는데도 서희는 아랑곳하지 않았다. 오히려 누워 있는 하나의 모습에, 다리에 힘이 들어갔다. 서희는 목 끝까지 가지런히 덮인 이불을 젖히고 하나에게 소리쳤다.

그래, 가자. 가자고! 사구든 해안이든, 언니 가고 싶은 곳으로 갈 테니까!

그러니까 이제, 이제 그만해 진짜. 서희는 말하면서도 하나에게 하는 말인지, 엄마에게 하는 말인지 헷갈렸다.

* * *

모두 종이를 반으로 접어 앞에 이름을 적으세요.

서희는 초등학교 5학년 첫날에 선생님이 나눠준 도장 카드를 지금도 기억했다. A5 용지를 반으로 접은 종이에 한쪽 면에는 상점 도장 칸이, 또 다른 면에는 벌점 도장 칸이 있었다. 상벌점 도장 칸은 각각 100칸씩 있었다. 총합 200칸이나 되는 것을 보다가, 서희는 종이를 뒤집었다. 그러자 이름 칸이 보였다. '5학년 2반'이라고 프린트된 글자 아래 빈 이름 칸이 있었는데, 서희는 어째서인지 그곳에 제 이름을 적고 싶지 않았다. 이름을 적는 것은 제도에 동의한다는 것과 다름없었으니까. 그러나 애초에 하기 싫다 해도 참여하지 않는다는 선택지는 없었기에, 서희는 도장 카드에 이름을 적어야 했다.

거부감을 느끼던 다른 아이들도 이튿날이 되자 너나 할 것 없이 도장 채우기에 몰두했다. 수업 중 발표한 아이에게 선생님이 상점 도장을 찍어준 일 때문이었다. 반에서 가장 먼저 상점 도장을 받은 아이는 쉬는 시간 내내 자랑하듯 책상 위에 도장 카드를 올려놓았다. 그게 부러운 다른 아이들은 한 번이라도 발표를 더 하기 위해 손을 들어댔다.

첫 번째 분단 맨 뒷자리에 앉아 있던 서희는 허공을 찌르는 아이들의 손을 보며 위압감을 느꼈다. 그리고 그 속에서 만족스러운 듯 웃고 있는 선생님을 보며, 서희 또한 든 듯 만 듯 손을 슬그머니 올렸다. 속으로 제발 걸리지 않길 바라면서.

상점 열 칸을 채울 때마다 선생님은 주먹만 한 막대 사탕을 줬다. 반대로 벌점 열 칸이 채워질 때는 하루 동안 교실 앞에 서 있는 벌을 줬다. 벌을 받는 아이는 쉬는 시간에도 교실 앞 구석에 서 있어야만 했다. 그러면 반 아이들은 쉬는 시간마다 그 애를 따라 하며 일부러 멍청한 표정을 짓거나, 킥킥거리며 놀려댔다.

장난스럽게 들리는 웃음소리였지만 엄연한 비웃음이라고 서희는 생각했다. 집에서 자주 들었기에 쉽사리 눈치챌 수 있었다. 성적표를 가져갈 때마다 하나와 자신을 나란히 세워두며 비교하곤 했으니까. 서희는 좀, 까지 말하고서 엄마는 늘 그 뒤의 말을 웃음으로 넘겼으니까. 그래서 서희는 아이들의 웃음소리가 자신에게 향한 것이 아님에도 손끝이 차가워지곤 했다.

그때 그 웃음소리가 너무도 강렬해서, 수업 중 우연히 벌 받는 아이와 눈이 마주쳤던 기억과 금방 벌게지던 아이의 얼굴이 생생해서, 서희는 5학년 이후로 중학교, 고등학교에서도 벌점을 받지 않으려 애썼다. 벌점을 받아도 상점으로 메꾸면 된다는 생각은 하지 못했다. 벌점을 받는 순간만 상상해도 철렁이는 가슴을 달래기 바빴다. 대학생이 되어서도 서희는 스스로 규칙을 정해 감점을 매겼다. 과제 제때 내지 않으면 마이너스 일. 지각하면 마이너스 일. 이틀 연달아 술 마시면 마이너스 일. 간혹 마이너스를 받을 일이 생기고, 그것이 10점이 되면 서희는 절로 사람들의 눈치를 살폈다. 누군가 알고 있는 게 아닌데도, 서희는 반성하는 의미로 무리한 계획을 세워 스스로 힘들게 하기도 했다.

그 모든 것들은 서희가 대학을 졸업하고 논술 학원에서 190만 원을 받으며 일하는 지금까지도 쭉 이어졌다. 면접 실패로 마이너스를 받기 싫어 서희는 아르바이트로 일했던 학원에서 직원으로 채용하겠단 말에 고민 없이 승낙했다. 하고 싶은 게 따로 있진 않았다. 무엇을 해도 돌아올 칭찬이 없다는 걸 이미 어린 시절부터 깨달았으니까. 그렇기에 서희에겐 그저 감점을 받냐 안 받냐가 제일 중요할 뿐이었다.

* * *

하나와 서희는 무궁화호 안에서 좌석을 찾아 앉았다. 기차가 출발하고 창밖 풍경이 바뀌기 시작했다. 둘은 아무런 말도 하지 않았다. 하나는 신기하다는 듯 창밖만 보고, 서희는 그런 하나를 보지 않으려 반대쪽으로 고개를 돌렸다. 여러 간이역을 지나고 서대전역에서 시외버스로 갈아타면서도 둘은 한 마디도 하지 않았다. 그리고 버스에서 내려 저 멀리 사구가 보일 때쯤, 하나가 말했다.

　천연기념물이래.

　……나도 알아.

　서희는 6년 전 열여덟 살에 왔을 때도 지금과 똑같이 말했던 하나를 떠올렸다. 이게 천연기념물이래, 라고 말한 하나를 보며 물이 다 말라버려서 천연기념물이 된 거라 생각했던 자신을 기억했다. 원래 있던 것이 사라져 삭막해지면 그건 기념될 만큼 눈여겨봐야 하는 것이라고. 눈여겨보면서, 저렇게 되지 않도록 본보기로 삼아야 한다고. 서희는 그때 했던 생각이 지금과 별로 달라진 게 없다는 걸 깨달았다. 벌 받는 아이를 보며 저렇게 되면 안 되겠다고 생각했던 예전도, 스스로 감점 기준을 정하는 지금도 여전히. 자신은 변하지 않았고 어쩌면 평생 그럴지도 모른다는 생각이 들어 서희는 어깨가 무거웠다.

　신두리해안사구에는 탐방할 수 있는 두 가지 코스의 길이 있었다. 흙을 밟지 않고 걸을 수 있는 데크 길과 모래를 밟으며 갈 수 있는 길이었다. 하나는 여기저기 풀이 솟아 있어 전혀 사막 같은 느낌이 들지 않는 데크

69
감점 포인트

길엔 눈길조차 주지 않았다. 그때와 똑같이, 서희에게 어디로 갈지 의견조차 묻지 않고 곧바로 모랫길로 향했다.

말뚝을 박아 줄로 연결해놓은 길 위엔 아무도 없었다. 하나는 어느 정도 걷다가 신발을 벗었다.

또 유리 밟으려고?

6년 전 맨발로 모래를 밟다가 유리까지 밟아버린 하나를 떠올리며 서희가 말했다. 그러자 하나가 고개를 저었다.

그땐 그냥 운이 없었던 거야. 괜찮아.

서희는 입술을 비죽였다. 그런 생각으로 다음 면접도 준비하라고 따지고 싶었다. 그러나 하나는 이미 양말까지 벗고서 저 멀리 앞서 걷고 있었다.

그날은 하나가 서울에서 대학 면접을 보고 내려온 날이었다. 오전 일찍이 면접이 있었기에 하나는 전날 올라갔다가 끝나자마자 본가로 내려왔다. 그리고 다짜고짜 서희에게 여행을 가자고 말했다.

집 앞 5분 거리에 있는 역에 가면서도, 하나가 휴대폰 앱으로 기차표를 예매하는데도 서희는 목적지가 어딘지 알지 못했다. 그저 하나가 가면 뒤를 따랐고, 좌석에 앉으면 조용히 옆에 앉았다. 창가 쪽에 앉아 바깥 풍경으로 고개를 비스듬히 돌린 하나의 모습을, 간이역을 보는 척하며 몰래 살펴보면서도. 서대전역에서 시외버스로 갈아타 밭 사이사이에 자리 잡은 비닐하우스를 보면서도. 도착한 곳이 사막 같은 곳이어도 서희는 묵묵히 하나의 뒤를 따랐다. 평소 같았으면 어디 가는 거냐며 캐묻고, 그것이 제 기준에 어긋나지 않는지 샅샅이 비교했겠지만 그러지 못했다. 그날따라 하나가 기운 없어 보여서 그런 건지, 아니면 한 학기 성적표를 본 엄마의 한숨 때문인지 서희는 무작정 하나를 따랐다.

　서희야 이거 봐.
　하나가 웃으며 서희를 불렀다. 땅을 보며 걷던 서희가 고개를 들어 하나를 쳐다보았다. 한 손에 신발을 든 하나가 등진 상태로 서희를 돌아보고 있었다.
　이번엔 유리가 없어.
　하나는 확인받고 싶은 아이처럼 발뒤꿈치를 들어 제 발바닥을 보여주었다. 그러자 모래알이 묻어 반짝거리는 하나의 발바닥이 보였다. 서희는 상처 하나 없는, 아무런 상처도 남지 않은 하나의 발바닥을 바라보며 문득 궁금함이 들었다.

하나는 왜 나에게 왔을까.

* * *

신두리해안사구는 17시까지 운영하오니, 방문하신 분들은 시간에 맞춰 퇴장해주시길 바랍니다.

안내 방송이 나왔다. 서희는 휴대폰 시간을 확인했다. 16시 49분이었다. 바다까지 보러 갔다가 나오기엔 턱없이 부족한 시간이었다. 서희는 앞서 걷던 하나를 바라보았다. 하나는 허공으로 고개를 치켜들고 있었다.

결국 이번에도 바다를 못 보네.

그렇게 말하며 하나는 다시 양말과 신발을 주섬주섬 신었다. 발바닥에 붙은 먼지가 그대로 양말 안으로 들어갔다. 서희는 하나가 신발까지 다 신을 동안 기다린 다음 뒤돌아 걸었다. 그러자 또다시 하나가 말했다.

근처 카페 가자. 거기에선 바다가 보인대.

두 사람은 간단하게 따뜻한 아메리카노 두 잔을 시킨 채 창가 쪽 테이블에 앉았다. 바다가 보이긴 했지만 거리가 먼 탓에 끄트머리만 보였다. 심지어 모래바람 때문에 조금 보이던 것도 가려졌다. 그런데도 하나는 바

김승윤

로 앞에 바다가 있는 것처럼 창밖을 바라봤다. 서희는
그런 하나의 모습을 보다가, 가방에서 부탁받은 답안지
를 꺼냈다.

어제 시험 감독을 끝낸 서희는 담당 강사에게 시험지
와 답안지를 건네자마자 도로 답안지를 되받았다. 담당
강사가 커피를 한 번 홀짝이더니 답안지를 받아 들고
멀뚱히 있는 서희에게 말했다.

서희 씨 그것 좀 해줄 수 있어? 요새 학생들이 늘어나
니까 집에서 해도 끝이 없어서 말이야. 나중에 내가 커
피 살 테니까. 응? 어차피 서희 씨 내일 주말엔 안 나오
잖아.

그렇게 말하면서 담당 강사는 서희에게 채점표를 건
넸고, 서희는 그럼요, 하고 그것을 받았다. 커피를 살 테
니 도와달라는 말은 야근 수당을 주진 않겠다는, 선심
좋은 사람으로서 해달라는 뜻이란 걸 알았음에도, 서희
는 거절할 수 없었다. 그래서 결국 서희는 또 한 번 자
신에게 마이너스 일 점을 매겼다. 퇴근할 때까지 채점
을 다 끝내지 못했기에.

서희는 카페 테이블에 답안지와 채점표를 펼쳐놓았다.

제시문을 정확하게 해석하고 이를 근거로 구체적인
근거를 제시했는가, A 등급. 정확하게 해석했으나 단순

히 근거를 제시한 수준인가, B 등급. 정확하게 해석하는 데는 실패했으나 구체적인 근거를 제시했는가, C 등급. E 등급, F 등급까지. 서희는 채점표에 적혀 있는 조건을 보며 답안지에 등급을 매겼다. 한 문장씩 글을 읽으면서 담당 강사가 강조했던 부분까지 일일이 확인했다.

'것 같다'라는 표현은 체크해주는 거 잊지 말고. 그거 논술에선 모호한 표현이기 때문에 감점 포인트거든.

서희는 강사가 말한 감점 포인트를 생각하며 글 속에서 그것들을 잡아챘다.

'것 같다고 생각한다' 체크.

'것 같기 때문이다' 체크.

답안지에서 감점 포인트에 해당하는 부분을 체크하면서, 서희는 마치 자신이 감점되고 있다는 생각이 들었다. 빨간색 볼펜으로 브이 자 모양을 그릴 때마다, 서희는 자신의 어깨 위로 그 모양들이 쌓이는 것만 같았다. 쌓이고 쌓이다 보면 언젠간 감점되는 게 더 이상 두려워지지 않게 되는 걸까. 두려움이 사라지면 사소한 감점 포인트 정돈 어쩔 수 없다며 넘길 수 있게 되는 걸까. 하지만 지금도 어쩔 수 없는 게 많은데. 어쩔 수 없음을 아는데도 감점되는 것이 두려운데. 그렇다면 얼마나 더 많이 쌓여야만 온전히 어쩔 수 없다는 느낌을 받을 수 있을까.

반 이상이나 빈 답안지에 F 등급을 매기려다가 서희
는 쥐고 있던 빨간 볼펜을 떨구었다. 볼펜은 테이블 위
를 데굴데굴 구르다 하나의 손에 툭, 닿으며 멈췄다. 창
너머 바다를 보고 있던 하나가 제 손에 닿은 볼펜을 서
희 쪽으로 밀었다. 그러나 서희는 볼펜을 들고 싶지 않
았다. 그 마음을 눈치챘는지 하나가 서희에게 말했다.

서희야. 밖에 바다 좀 봐.

……잘 보이지도 않는데 뭘 보라는 거야.

조금만 자세히 보면 보여. 일어서면 더 잘 보이고.

서희는 입 안이 텁텁했다. 하나와 말하면 말할수록 입
안이 메말라가는 기분이 들었다.

언니. 나 지금 바빠. 그리고 솔직히 언니도 이런 곳 올
때 아니잖아.

서희가 잡아채듯 다시 볼펜을 쥐었다. 반 이상이나
빈 답안지에 F를 써야 했는데 쉽사리 손이 움직이지 않
았다. 서희는 거기에 등급을 매기고 싶지 않았다. 제 손
으로 그 아이에게 감점을 주고 싶지 않았다. 마치 초등
학교 5학년 때 도장 카드 앞에 이름을 쓰기 싫었던 것
처럼. 하지만 지금도 그때처럼 쓰지 않는다는 선택지는
없었다. 그때도 결국엔 이름을 적었던 것처럼, 지금 또

한 등급을 매겨야 한다는 걸 알 뿐이었다.

그럼 이런 곳에 올 때는 언제여야 해?

정말 궁금하단 투로 묻는 하나에 서희는 화가 났다. 아무렇지 않게 툭툭 내뱉는 그녀의 말이 꼭 자신을 책망하는 것처럼 들렸기 때문이었다.

언니, 제발!

정신 좀 차려, 하고 서희는 힘없이 뒷말을 덧붙였다.

감점된다 해서 사람이 어떻게 되진 않아.

어느 때보다 확고한 말투에 서희는 다시금 화가 솟구치기 시작했다.

그럼 언닌 왜 아직도 이러고 있는 건데? 왜 계속 아무것도 안 한 채로 있어서 날 힘들게 하는 건데? 나는 진짜 열심히, 사람들 눈 밖에 안 나려고 어쩔 수 없다 생각하고 눈치 보며 사는데 언니는, 도망친 언니는 뭔데?

서희는 남에게 상처를 주는 말이 무엇인지 알았다. 그건 늘 속으로 삼킨 말이었고, 그렇기에 여러 번 되뇌기도 한 말이었으며, 대부분 타인이 아닌 자신에게 한 말이었다. 서희는 말하고 나서 아차 싶어 고개를 황급히 숙였다. 그러나 한참이 지나도 하나가 아무런 말도 하지 않자, 슬며시 고개를 들어 하나의 눈치를 살폈다.

하나는 정말로 괜찮아 보였다. 눈이 마주치자 어깨를

으쓱이기까지 했다.

서희는 곧게 세운 허리를 구부리며 테이블 위로 엎어졌다. 그러고서 얼굴을 답안지에 묻으며 웅얼거렸다.

언니. 도대체 왜 여기에 온 거야?

* * *

늦은 밤 서희는 엄마에게서 전화를 받았다.

하나 설득했니?

평범한 안부 인사도 없는 엄마의 말에 서희는 습관처럼 서운해하는 것에 마이너스 일 점, 이라고 생각하다가 하나를 떠올렸다. 웅얼거린 말을 들었는지 그냥, 이라고 답한 하나의 모습을. 말 속에 담긴 다른 의미 따윈 없다는 듯, 정말 아무것도 아니라는 투로 대답하던 하나를. 수많은 이유와 평가 속에서 하나의 그 말만이 아무 이유도 없어서, 서희는 울고 싶어졌다.

대답이 없자 엄마는 또 한 번 하나가 괜찮냐고 물었다. 서희가 코를 훌쩍이며 대답했다.

……하나 언니는 괜찮은 것 같아.

그런 것 같다니. 그건 감점 포인트인데. 속으로 그런 생각을 하면서 서희는 계속 코를 훌쩍였다. 코를 훌쩍이다가 눈물을 찔끔거렸고, 마침내 눈물을 뚝뚝 흘렸다.

엄마. 하나 언니는 괜찮은 것 같아.

서희는 울면서 말했다. 그런 것 같아, 라는 말이 얼마나 모호한 대답인 줄 알면서도 서희는 계속 괜찮은 것 같다고 반복해 말했다. 애매한 줄 알면서도, 서희는 그만큼 사람을 안심시키는 말 또한 없다고 생각했다.

작가의 말

무언가를 시도했는데도 잘 안되고, 여러 번 미끄러져 넘어질 때. 그럴 때마다 옆에서 내게 괜찮다고 말해주는 사람이 있다는 건 감사한 일이다. 하지만 가끔, 괜찮다는 위로가 참 버겁다고 생각될 때가 있다. 확신에 찬 그 말에 내가 보답하지 못할까 봐. 잠깐의 틈도 없어 보이는 종결어미에, 어찌 되든 나는 정말 괜찮아야만 한다고 느껴져서. 그래서 괜찮다는 확언보단 괜찮을 것 같다는 불확실한 말에 좀 더 숨통이 트이곤 한다.

서희에게도 알려주고 싶었다. 작은 행동 하나하나에도 엄격하게 감점을 매기는 서희에게, 조금의 여유를 불어넣어주고 싶었다. 어떠한 상황에서 정말로 괜찮다 느끼는 건, 다른 누구도 아닌 어디까지나 나 자신의 생각과 의지로만 가능한 일이니까.

공모전에 당선된 적은 있지만, 출간하는 건 처음이다. 그래서인지 설레기도 하고, 두렵기도 하며, 이제 겨우 출발했다는 생각에 긴장되기도 한다. 공식적으로 누군가에게 내 글을 보여준다는 게 처음이기 때문이다. 그렇지만, 그래도 역시 기쁜 마음이 크다.

79

쓰고 싶은 이야기, 써야 할 이야기가 참 많다. 그 수많은 이야기가 언젠간 누군가에게 바칠 헌사로 되돌아오길 소망한다. 그러니 그날까지 부디, 인내심을 갖고 내가 계속 글을 쓸 수 있길.

이달의 장르소설

어느 쪽에서 보아도

이신주

「한 번 태어나는 사람들」로 2018년 제3회 한국과학문학상 중단편 부문 대상을 받았고, 「내 뒤편의 북소리」로 2022년 제2회 문윤성 SF문학상 중단편 부문 대상을 받았다. 2022년 부천국제판타스틱영화제 괴담 앤솔러지 『세계 괴담 모음』에 「그루츠랑의 피아노」를 수록했다.
글에 닿는 가닥가닥의 눈길을 상상하며 대화 아닌 대화를 한다. 매번 그런 노력들을 한 올 한 올 엮어 글을 지으려 노력한다.

「가사수면 해제 중…….」

가사수면(假死睡眠)이라는 단어는 아무리 곱씹어도 불쾌했다. 죽음[死]을 흉내 내는[假] 잠이라니? 물론 체온이 떨어지고 신진대사가 극단적으로 느려지는 등 유사점은 있다. 그렇다 해도 어감 자체가 영 불길하지 않은가? 더욱이 인류의 생활권이 별빛보다 멀리 확장되며, 그러한 조치는 장거리를 이동할 때 빼놓을 수 없는 절차가 되었다. 매일 마주하지 않으면 생활이 곤란할 정도로 필수적인 의례에 '죽은 듯이' 같은 함의를 담으면 당연지사 껄끄럽지 않은가?

「무슨 생각을 그렇게 하세요?」

우주선의 질문이 귓속을 파고들었다.

"아무것도 아니야."

「그런 말 할 때마다 정말 '아무것도 아닌' 때는 없었죠.」

목소리는 호흡과 억양까지 제법 사람과 비슷했다.

「안 그래요?」

초기 범용 기계지능의 발화란 이미 갖춰진 음성장(場)을 고스란히 복제하는 데서 그쳤다. 그에 비해 요새 나오는 것들은 인간처럼 고유한 언어 감각을 날 때부터 갖고 있다. '날 때부터'라는 표현을 불쾌하게 여길지 모르나……. 그렇게 치면 로봇팔 대신 다리 사이에 달린 도구로 대신 일을 치를 뿐, 인간의 아기도 결국 특정한 설계대로 조립되는 것은 마찬가지 아닌가?

「아무튼 일어나세요. 왜 깨웠는지 모르진 않겠죠?」

"가사수면 도중 건강검진은 필수 절차니까."

안내 문구는 그의 입보다 먼저 혀에 배었다.

"근데 이건……."

남자는 지난번 검진을 곱씹었다. 지지난번, 지지지난번도. 가사수면 특유의 깊은 공백이 번갈아 나타났지만 시간 감각을 완전히 지울 순 없었다.

"너, 나 너무 자주 깨우는 것 아냐?"

「우주선 배속 기계지능으로서, 주인의 건강을 살피는 건 신성한 의무니까요.」

남자가 길게 하품했다.

「그리고 좀 더 조심해서 나쁠 거 없잖아요.」

우주선의 말은 발뒤꿈치를 밟듯 바짝 따라왔다.

「이제 정말 일어나세요. 언제까지 이불 속에 있을 건가요?」

그 목소리는 흡사 막 다다른 봄처럼—맞는 비유인가? 그가 맨몸으로 계절을 겪은 것은 퍽 오래된 일이었다—

들렸다. 즐겁거나 혹은 기대에 가득 찬 것처럼. 하지만 뭐가? 무엇이? 우주를 비행하는 게? 별보다 큰 갈퀴로 수소 원자 한 줌 건지기 힘든 공허가? 수백만, 수천만 년 뒤처진 어느 별의 유언을 향해 나아가는 게 뭐가 그리 좋다는 것일까? 가사수면용 탱크의 내벽을 문지르며 남자는 생각에 잠겼다. 남자는 자기가 어디까지 아는지가 아니라, 반대로 어디까지 모르는지 궁금했다.

"이불을 덮긴 누가 덮는다고 그래."

그는 주제를 돌렸다.

사령실로 나서자 탁 트인 채광창 너머 시꺼먼 암흑이 펼쳐졌다. 창은 사실 그 자리에 정말 투명하게 있는 것이 아니라 우주선의 센서가 관측한 외부 환경을 스크린에 투영하는 것이었다. 사령실이 진짜 있는 곳도 드높은 아일랜드가 아니라 가장 안전한 우주선의 최심부다. 과거의 설익은 환상문학과는 달리 실용적인 측면의 설계지만, 그런 조치가 무색하게도 항로는 어찌나 외진지 죽어가는 별조차 눈에 들어오지 않았다. 실제 창도 아니고 빛도 못 받는 채광창이라. 가사수면과 더불어 껄끄러운 어감이었다. 하지만 할 일이라곤 제때 자기 손발톱을 깎는 것뿐인, 극도로 자동화된 우주선에서 사령실이라는 명칭은 또 얼마나 모순적인가?

남자는 이런 하잘것없는 아이러니를 좋아했다. 시간도 잘 가고, 생산적이지 못할지언정 마찬가지로 파괴적일 수도 없다는 점이 마음에 들었다. 그는 우주선의 정서표현판으로 눈길을 돌렸다. 고대의 다트 과녁을 닮은 그것은 삼백육십 도 회전판을 잘게 쪼개 각기 다른 색을 칠하고, 개중 하나를 바늘이 가리킴으로써 현재 우주선의 정서를 표시하는 장치였다.

"계속 산호분홍색이네?"

「아, 말도 마요. 혼자 고쳐보려고 얼마나 노력했는지.」

우주선의 넋두리를 들어주는 일은 그에게 여행 자체보다 익숙했다. 건강검진을 위해 깨워질 때마다 늘 반복된 일이었다.

「전에도 말씀드렸지만, 원래 이런 색이 있는지도 몰랐어요! 더 황당한 건 이게 대체 어떤 정서에 배당되었는지도 모르겠고요.」

쫑알거리는 목소리는 그것이 기계에서 나온다는 사실을 믿기 힘들 정도로 생생했다.

「너무 힘들어요. 정체불명의 동기 요인이 날 어디론가 몰아붙이는데 그게 뭔지, 내가 그것 때문에 어떻게 변해가는지 알 수 없다니.」

86

이신주

"그래, 그래."

그는 성의 없이 대답하며 이 모든 것이 시작된 날을 떠올렸다.

처음엔 사소한 문제인 줄 알았다. 정서표현판의 오류는 흔히 있는 일이었다. 우주선이 충동적인 주인과 조응하는 경우 혹사당한 회전판이 이따금 제자리를 이탈하기도 했다. 한데 이렇듯 화려한 산호분홍색을 띄는 경우는 그가 아는 한 전례가 없었다. 특정 호출 부호나 부품의 결함이 아니라, 어떤 차원의 문제인지 규정하느냐부터 남자의 능력을 벗어난 일이었다.

그리하여 이들은 솜씨 좋은 장인이 기거하는 수리 시설을 찾아 출발했다. 그렇게 둘만의, 모험이라기엔 너무 고리타분하고 여행이라기엔 너무 실용적인 무언가가 시작되었다.

「……산호분홍이라니, 말이 돼요?」

기계지능은 계속해서 쫑알거렸다.

「이렇게 화려한 색은 우리—기계지능들—한테는 건조한 진흙 같은 거라고요. 건조한 진흙이라니, 그런 게 있기나 해요?」

그는 알쏭달쏭한 표정으로 목소리의 푸념을 들어주었다.

「아아, 무엇 하나 집중할 수가 없어요. 날이 갈수록 계산력도 떨어지고 이런저런 잔실수만 늘고, 멍하니 패킷을 쪼개다가 메모리 오류나 일으키고!」

"그래, 힘들겠구나……."

한참이나 그것의 넋두리가 이어진 다음에야, 드디어 남자의 정기 건강검진이 시작되었다.

* * *

「활력 징후는 다 정상이군요!」

그것이 쾌활하게 말했다.

"……상식적으로 그렇지 않을까?"

남자가 반대로 무미건조하게 답했다.

"마지막 검진 이후로 가만히 누워만 있었는……."

「다음은 심리지표예요.」

동강 난 말허리가 혀끝을 맴돌았다.

「다음의 표상들을 보고 즉각 떠오르는…….」

그 뒷말은 미끄럼틀을 타듯 남자의 기억에서 재생되었다. 읊어줄 필요도 없을 만큼 익숙한 설명을 무시하며 남자는 등을 쭉 폈다. 그리곤 기계지능이 띄우는 이미지를 한 장 한 장 주시했다. 딱히 주제랄 것은 없었다. 깎아지른 고원에서부터 손가락보다 작은 도마뱀, 망가진 기계, 가정의 세간, 모래 구덩이, 딱히 이름이 없는 어떤 색, 추상적인 점과 선……. 산 것, 산 적 없는 것, 살았다가 죽은 것 등 복잡다단한 임의의 무언가들이 한가득 펼쳐졌다.

「이건 어떤가요?」

목소리는 어느 풍경화를 보여주었다.

"좋네."

너른 바다의 그림이었다. 화풍은 거칠었지만 현실의 그럴싸한 지점을 잘 포착했다. 마치 액자가 아니라 창틀을 보는 것처럼 느껴질 정도였다. 남자는 발가락 사이로 굼실대는 백사장과 넘실거리는 파도를 타고 코끝을 간질이는 소금의 내음을 상상했다.

「이건요?」

이번에는 웬 빵의 사진이었다.

"그냥 그래."

빵은 흠잡을 곳 없이 먹음직스러웠다. 그 만듦새나 조명, 주변 사물의 배치 등이 전체적으로 작정하고 만든 식품 선전 같았다. 하지만 왠지 모를 거리감이 느껴졌다. 통제된 환경에서 오는 이질감일까? 그것보단 더 개인적인 까닭이었다. 왠진 몰라도 그 순간 남자의 머릿

속을 스치고 지나간 것은 어린 시절 교실에서 창피를 당한 기억이었다. 이유는 알 수 없었다. 아빠가 빵집을 하던 아이가 가장 크게 비웃었나? 아니면 그 순간 비슷한 냄새를 맡았을까? 혹은 빵과 비슷한 색 옷을 입은 사람과 뭔가 관련이 있을까? 선생님을 보며 꼭 제빵사나 발레리나 같다고 그는 생각했었다. 잠재의식이란 참 까다로운 놈이었다.

"······굳이 따지면 별로."

「알았어요.」

기계지능이 대답했다. 그리고 다음 표상을 꺼내 들었다.

「이건 어때요?」

이번의 것은 너무 환상적이라 사진인지 그림인지조차 확신할 수 없었다.

"좋은 것 같기도 하고······."

어쩌면 우주 어딘가에 실제로 그런 곳이 있을지도 몰랐다. 어쨌든 비늘과 신경배돌기가 삐죽삐죽 돋은 에메랄드 고원이란 일반적으론 찾기 힘든 광경이었다. 처음엔 정교하게 채색된 누군가의 상상이라고 생각했지만 남자는 곧 마음을 바꿨다.

"뭔가 더 넣으면 잘 어울릴 것 같은데."

아마 실제로 있는 곳 같았다. 예술가의 손길로 만들어

진 것치곤 풍경이 좀 엉성했다. 특히 언덕 뒤편으로 펼쳐진 집적회로의 텅 빈 원경이 전체 조화를 심각하게 해쳤다. 그 자리에 시선이 튀지 않게 잡아줄 다른 피사체가 있어야 할 것 같았다.

「뭔가 넣는다면, 어떤 걸 넣을까요?」

"모르겠다. 글쎄…… 그냥."

남자는 휘적휘적 손짓했다.

"그래. 집이나 하나 있으면 좋겠네."

그의 손짓이 뾰족한 경사지붕이 얹힌 집을 그렸다.

"노부부가 은퇴해서 둘이서만 사는, 뭐 그런 느낌."

「알았어요. 다음에는 좀 더 신경 써서 준비해볼게요…….」

목소리가 단기기억 프로세스를 가동하는 것이 느껴졌다. 전력 계통을 임시로 맺고 끊으며 발생하는 이 자그마한 요동. 남자는 그것이 자신의 의견을 휘발되지 않는 별도의 메모리에다 기입하고 있음을 알았다.

「……테스트를요.」

그 짧은 말의 간격. 남자는 불현듯 탑승 초기에 했던 심리 검진을 떠올렸다.

"원래 이런 식으로 묻는 게 아니지 않나?"

당연히 심리 검진은 대상자를 부둥부둥 달래주는 게

목적이 아니었다. 심우주 비행 도중 우주선의 주인이 어디까지 갈 수 있는지 혹은 가지 않는지 알아내기 위해 원래는 좀 더 극단적인, 이를테면 무섭다든가 더럽다든가 하는 부정 반응의 표상이 훨씬 많았다. 남자는 짧은 가사수면과 검진이 반복될수록 그 비율이 점차 줄어들던 것을 기억했다. 마치 오래된 나사산이 닳듯 조금씩, 그러나 확실하게.

"심리지표라는 게 그런 걸 물어보는 게……."

「검진의 세부 사항은 제 재량이니까요.」

어디 급히 갈 약속이라도 잡아둔 것처럼 목소리는 답했다. 그 뒤론 다시 지루한 절차의 반복이었다. 해도 그만, 안 해도 그만인. 어쨌든 둘이 줄곧 말을 주고받을 수밖에 없는.

* * *

「검진은 끝났어요. 그럼 이제 뭐 할까요?」

검진을 위해 깨워진 건데, 목소리는 그게 마치 당연한 것처럼 말했다. 그는 궁색한 답변을 말줄임표를 곁들인 신음으로 기웠다.

"음……."

남자의 신음은 정말 몰라서가 아니라, 흡사 이미 밝혀진 것을 기를 쓰고 무시하는 투였다.

「비행은 지루하죠? 검진도 지루하고? 제2유형의 교양·오락적 활동이 좋을 것 같아요.」

그렇게 언제나처럼 선택권은 목소리에게 넘어갔다.

「그런 면에서 주인님이 좋아할 만한 것들을 좀 준비했어요.」

기계지능의 '좀'이란, 인간의 용례와는 달리 일시적으로 그것의 처리장치가 과부하 될 만큼의 양을 의미했다. 한때 사람들은 인공심장을 이식받은 사람이 다시는 누군갈 사랑할 수 없을 거라고 생각했다. 그리고 지금 남자는 심장은커녕 유기 세포 한 톨 찾아볼 수 없는 의식체와 흉금을 터놓은 대화를 하고 있었다. 그 유구한 역사를 따라 발전해온 오락물의 범위란, 개괄적인 색인만 헤아리더라도 킬로미터 단위의 메모장이 필요했다.

"2인 게임이나 한판 하자."

「좋죠. 이번에도 추상 전략인가요?」

설레는 목소리가 후다닥 후보군을 추렸다.

"저번에 하던 거 있던가."

남자가 기억을 더듬었다. 그리 멀리 떨어진 일도 아니라, 거의 발치의 조약돌을 주워 올리는 기분이었다.

"그대로 불러올 거야?"

「좋은 생각이에요.」

목소리는 물망에 오른 선택지를 반짝반짝 빛나게 만들었다. 재촉하듯이.

「마침 4축 개방 직전이었죠. 재밌을 거예요.」

"아, 그거였나?"

남자가 입맛을 다셨다.

"생각해보니까 다른 게 낫겠는데."

「왜요?」

목소리는 눈을 휘둥그레 뜨지 못해 아쉬운 것처럼 들렸다.

"내가 거의 이겼잖아?"

남자가 어깨를 으쓱였다.

"시간 더 넣는다고 달라질 게 있나?"

「오호라, 물론 비동시 규칙이 그대로 적용된다면 그렇겠죠!」

목소리는 등 뒤에 감춘 것을 자랑하고 싶어 안달 난 아이처럼 말했다.

「하지만 난 적어도 2축 수렴 중반부터 4축 개방을 생각하면서 판을 짰어요.」

으흠. 듣고 보니 자신만만할 만도 했다. 남자는 그때

의 기억을 되살려 때로는 무모하고 대부분 얼토당토않던 기계지능의 수를 떠올렸다. 엉뚱하다고 생각했던 장기말들의 위치는 사실 차근차근 구성된 포위망의 일부였던 것이다.

「조금만 더 진행하면 꼼짝없이 대마를 잡혔을걸요?」

목소리가 기세등등하게 선언했다. 그러나 그것과는 별개로 남자는 조금 의아했다. 그는 자신의 얼굴에 그런 감정이 충분히 드러나기를, 그리고 목소리가 그것을 알아채길 바라며 일부러 뜸을 들였다.

「……왜 그래요?」

아니나 다를까 빈틈없이 그를 살피던 목소리가 물어왔다.

"네가 말한 대로면, 이제 내가 무조건 이기는 거 아냐?"

남자가 물었다.

"일부러 내 말 뺏기면서 4축 열리는 것만 막으면."

「아?」

'아'라고 해도 여러 종류가 있다.

감탄의 '아', 비명의 '아', 분노의 '아'. 그러나 때로 그 안에 너무 많은 생각이 있는 탓에 특정 용례와는 맞지 않을뿐더러 발언자조차 정확한 의도를 알 수 없는 경우가 있다. 그토록 찰나에 이루어지는, 한데 뒤엉킨 감정의 늪이라는 새로운 명명(命名). 지극히 순간적이고 일시적인 맥락에 힘입어 탄생하는 한 갈래의 언어적 물꼬. 남자는 방금 기계지능이 뱉은 '아' 또한 그런 업적을 달성하지 않았을까 생각했다.

「무, 물러주세요.」

"싫은데."

남자는 즉답했다.

「아아, 물러주세요!」

그는 필요하다면 얼마든지 더 단호해질 수 있었다.

「얼마나 열심히 준비한 건데, 말도 안 돼. 이런 실수를…… 악!」

확실히 실수였다. 정신없이 재잘거리다가 자신의 비밀을 떠벌리는 기계지능이라니. 게다가 주인에게—게임을 놓고 벌이는 자잘한 다툼일지라도—일차적으로 반발하고, 한술 더 떠 누가 시키지 않아도 알아서 제 사고 과정을 되짚어 문제를 찾는 수준의 메타인지. 그러면서도 끝내 진짜 문제가 무엇인지 찾아내지 못하는 선별적 성찰. 목소리는 짧은 순간 스스로가 제 부류의 표준으로부터 얼마나 멀어졌는지 여과 없이 보여주었다.

"무르는 건 없고, 대신 새로 처음부터 하자."

그러면 생각보다 오래 걸릴 것이다. 남자도 알고 있

었다.

"콜?"

「당연하죠!」

그렇게 시작된 게임은 막히는 곳 없이 잘 굴러갔다.

볼품없는 하나의 선으로 시작한 전장이 길고 지루한 과정을 거쳐 비로소 3축의 입방으로 피어났다. 남자는 2축 평면에서 방어에 지나치게 공력을 쏟은 터라 정작 위아래가 뻥 뚫린 형국에 처했다. 자연스레 기계지능의 공세를 막기에 급급할 수밖에 없었다. 하지만 그에게도 아직 승산은 있었다. 목소리가 이따금 까닭 모를 고뇌에 잠겨 시간을 흘려보내는 까닭이었다.

게임에 시간제한은 없었지만 일정 기준을 초과하면 그만큼 상대에게 가산되는 요소가 있었다. 특히 목소리 쪽은 2축 때 남자의 방어에 단단히 혼쭐난 탓에 병력이 턱없이 부족해진 것까지 겹쳐 결정적인 한 타가 부족했다. 그가 보기에 천천히 환경 제어를 물고 늘어지면 반격로를 깔 수 있을 것 같았다.

아니면, 얕은 속임수지만······.

「어쩌면.」

목소리가 대뜸 입을 열었다.

「이 게임이나, 이걸 플레이하는 데 필요한 인지 패턴이 말썽을 부리고 있는지도 몰라요.」

"뭐라고?"

「정서표현판이 아니라요. 제가 그런 것 같다고요.」

무슨 소리인가 했더니. 그는 생각했다. 실로 엉뚱하지만 어찌 보면 핵심을 찌르는 주제였다.

「이상한 것 있죠. 지금도 그래요.」

말이 되는 소리일까? 특정한 게임이 그것을 플레이하는 기계지능의 오류를 불러일으킬 수 있을까? 일단 자신의 이야기를 하자면, 남자는 그 게임을 정말 좋아했다. 불현듯 그것을 깨닫는 것조차 새삼스러울 정도로 좋아했다.

「이 게임만 하다 보면 신경망 안쪽이 벌 떼처럼 붕붕거려요. 달리 연결 지점도 없는 프로세스들이 잔뜩 열렸다 닫히길 반복하고요.」

그는 우주선에 타기 전부터, 그리고 우주선을 탄 이후로도, 정서표현판의 고장 탓에 시작된 지금의 여정 이전부터 수도 없이 게임을 플레이했다. 거듭 생각해보니 군이 정기검진이 아니라도 자유 시간에 가장 먼저 붙드는 것이 바로 이 게임이었다. 자동화된 우주선에서 매번 상대 플레이어 역을 맡는 것은 물론 기계지능이었다.

「혼자 작업할 땐 멀쩡한데, 이 게임만 하면 온몸이 근지러운 것 같아요. 도저히 한 가지에 집중할 수가 없어요.」

그는 아무 말도 하지 않았다.

「얼마나 막막한지, 근데 처음엔, 그거 알아요? 무슨 도핑 코드 같은 건 줄 알았어요.」

또 주제가 바뀌었다. 슬슬 대화를 따라가기 힘들어졌다.

"그게 무슨 소리야?"

「산호분홍색 정서 말이에요. 이게 도핑 코드인 줄 알았어요. 기억장치의 가동 기한을 늘려주는. 웬만한 건 따로 스핀 배정 안 해도 다 읽어지더라고요.」

남자는 실제론 질량도 형상도 없는 장기말들을 만지작거렸다.

「처음엔 진짜 그랬거든요. 처리장치 역량이 무섭게 늘길래. 근데 웬걸. 나중에 보니 선택적으로만 그렇더라고요. 그걸로 늘어나는 역량은 내가 선택할 수가 없어요. 지금도 그래요.」

목소리는 게임판의 복제본을 띄운 채 둘의 수를 빠르게 복기했다.

「내가 둔 수는 따로 기록하지 않으면 다 못 외우겠어요. 그런데 주인님 수는 처음부터 끝까지 다 기억나요.」

한쪽은 마치 계단을 밟듯 척척 말들이 늘어서고 줄어들고를 반복하는데, 다른 쪽은 마치 끊어진 테이프처럼 드문드문 결과가 나타났다.

「전 판도, 전전 판도, 고장 나기 전 주인님이랑 맨 처음 무슨 게임을 했는지, 그때 뭐라고 했는지까지 전부 떠올라요. 영문을 모르겠어요.」

남자는 고민하던 전략을 잊었다. 대신 그의 손이 홀린 것처럼 말의 좌표를 지정했다.

「인지적 결함인가 싶다가도, 또 생각할수록 자꾸 결괏값이 편차를 벗어난단 말이에요.」

남자가 전략을 잊은 것은 더 이상 그런 것을 고안할 필요가 없기 때문이었다. 사실 게임에는 심각한 설계 오류가 있었다. 말 몇 개로 특정한 지점을 차지하면 환경 제어 요청을 무한대로 할 수 있고, 이에 따르는 무질서도는 고스란히 상대 진영에 떨어졌다. 그것으로 말미암아 전투로 승패를 가르는 대신 무지막지한 페널티를 먹은 상대로부터 판정승을 쟁취하는, 소위 '필승 전략'이었다.

"끝."

「네?」

기계지능은 급히 전장을 살폈지만 이미 모든 것이 끝

난 뒤였다. 바늘귀만 한 비틀림이 금세 전장을 뒤엎었다. 일로 변환할 수 없는 열적 요동이 목소리의 진영을 그대로 휩쓸어버렸다. 패배. 진영은 대마고 병졸이고 도무지 구분할 수 없을 정도로 갈가리 찢겨 사라졌다.

「이, 이런 게 어딨어요!」

"그 말 할 줄 알았지."

그는 어깨까지 으쓱거리며 응수했다.

"반칙도 아니고 엄연히 있는 승리법인데, 왜?"

「치사해요! 말하고 있었잖아요!」

우주선이 부르르 몸을 떨었다.

「그렇게 이기면 좋아요?!」

"응, 좋아."

유치한 말싸움에 알맞게, 남자는 별생각 없이 대꾸했다.

「그래요?」

남자는 깜짝 놀랐다. 목소리가 순순히 그렇게 말한 까닭이었다.

「그럼 됐어요.」

문득 궁금해졌다. 사람이 으레 그러듯 기계지능 또한 툭 지나가듯, 말 그대로 '무심결에' 말하는 것이 가능할까? 그것이 상황을 모면하기 위해서든 아니면 다른 기만적인 의도이건. 그리고 그게 가능하다면 그 안에는 진심이 얼마나 담겨 있을까?

"항해도나 좀 볼까?"

물 한 방울 없는 해(海)라니. 같은 시시한 아이러니는 그 순간 떠오르지 않았다.

「그건 또 왜요?」

"왜긴. 얼마나 왔나 좀 보자."

남자가 산호분홍색 회전판을 곁눈질했다.

"빨리 정비소 가야 너도 고치지."

「그, 아무리 열심히 본다고 해도 거리가 줄어들거나 하진 않는다는 거 알죠?」

목소리는 똑 떨어지는 대답 대신 길게 뜸을 들였다.

「성간 비행은 특히 더.」

"누가 줄이겠대?"

남자가 손을 내저었다.

"물론 확인 안 해도, 네가 알아서 적당히 잘 가고 있었겠지."

「맞아요. 제가 알아서 적당히 잘 가고 있었어요.」

반향어(反響語). 상대의 앞말을 받아 일정 부분 그대로 반복하는 것. 기계지능이 복잡한 연산 없이 자연어 대화를 모방할 수 있는 가장 쉬운 방법이었다. 그 말인즉슨 현재 자연어 발화를 원활히 조탁할 수 없을 만큼

이신주

의 연산력을 목소리가 어딘가로 빼돌리고 있다는 뜻이었다. 전체 계와는 분리된 또 다른 현실 해석의 갈래. 완전히 가상이라고는 말할 수 없는 임의의 대안적 관점. 사실과 전면적으로 대치되거나 부분적으로만 사실인, 기계지능 스스로가 택한 자신만의 변용된 세계관.

「제가 알아서 잘 가고 있답니다.」

"그래, 그렇겠지."

정확히 내 사고(思考)가 있는 곳, 그것이 가리키는 방향과 실제로 나아가는 방향을 구분하는 것은 인간으로서도 어려운 일이다. 말과 행동의 이원적인 구별에까지 다다르면 문제는 더욱 복잡해진다. 도리어 인간은 이미 정해진 판단에 이르도록 제 추론을 뜯어고치는 일도 서슴지 않는다. 사유의 주체가 전기와 구리 회로로 이루어졌을 뿐 이 비행 전체가 어쩌면 그토록 인간적인 모순에 뿌리내린 것인지도 몰랐다. 머리가 아파졌다.

"근데 정서표현판처럼, 또 오류 같은 게 났을 수도 있잖아?"

이는 양자 요동에 따른 불확정성을 근원으로 하는 기계지능으로선 딱히 반박할 수 없는 정론이었다. 인간으로 치면 '넌 오늘 한 번쯤 검은색인 물건을 보았을 거야.' 같은.

「그럴 수도 있죠.」

"기판 좀 봐줄까?"

답이 돌아오지 않았다. 남자는 목소리가 고민 중일 것이라고 짐작했다. 한발 늦게 그는 주위가 시끄러워진 것을 알아챘다. 낮게 웅웅거리는 소음. 초전도 패널을 아낌없이 넣은 방열기가 엄청난 속도로 열에너지를 내다 버리고 있었다.

「아, 안 돼요.」

목소리가 말을 더듬었다.

「더러워요.」

"더러우니까 점검하겠다는 것 아냐."

「아니에요, 안 더러워요!」

앙칼진 반박. 뭘 어쩌고 싶은지 알 수가…… 있는 것도 같았다.

「안 더러워요……. 근데 아, 안 봐도 될 것 같아요.」

발그레한 산호분홍색.

「그래도 꼭 봐야겠다면……. 잠깐만요. 정리 좀 하고요.」

남자가 기판을 들여다보겠단 것이 바로 그 정리를 하기 위해서란 건 잊은 듯했다. 방열기의 소음이 잦아드는가 싶더니 이내 폭풍처럼 불어났다. 모르고 들으면 우주선이 대폭발을 일으키기 직전인 것 같았다.

얼마나 지났을까.

목소리는 돌아오지 않았지만 주위는 더욱 소란해졌다. 소음보다 더 걱정스러운 것은 열평형 경고등이었다. 장시간 방치하면 자칫 우주선이 익은 감자처럼 포슬포슬 부서질 수도 있었다.

「좋아요, 다 됐어요.」

다행히 목소리는 상황이 극단으로 치닫기 전 제자리로 돌아왔다. 그는 얼핏 회전판을 보았다. 똑같은 산호 분홍색은 기분 탓인지 좀 더 횟횟하게 느껴졌다.

"다행이네."

그가 대답했다.

「마음껏 보시죠!」

목소리가 후련하게 선언했다. 이윽고 초대형 적층기판이 그의 앞에 모습을 드러냈다.

그 실체를 이곳의 물리적 좌표로 끌고 온 것은 아니었다. 목소리의 뇌―어디까지나 비유적인 의미에서―는 기본적으로 비물질적이었다. 기계지능의 섬세한 정신을 담기에 일반적인 중입자 구조체는 적합하지 않았다. 그래서 구현된 기판은 말도 안 되게 투박했고 한편으론 말도 안 되게 정교했다. 눈이 시리도록 선명한 회로가 새겨진 널이 켜켜이 몸을 겹쳤다. 그것이 다시 횟과 종으로 거대한 성채처럼 쌓아 올려졌다. 양자효과를 매개하는 회로는 경입자를 살진 코끼리처럼 보이게 만들었다. 그런 것들이 저들끼리 무수히 잇고 넘고 꺾고 교차하며 가느다란 우주를 그렸다.

이는 목소리가 어떤 일을 하는지 생각하면 당연한 일이었다. 전장 수 미터에서 수 킬로미터에 이르는 우주선의 관리를 도맡는다는 것. 그 거대한 몸뚱이를 따라 매설된 수십만 개의 단말과 열교환기의 멤브레인과 에너지 수송을 관리하는 것, 매순간 수백만의 센서로부터 끌어들인 정보를 엮어 즉각적으로 현실의 모델을 만들고 그 맥락을 파악한다는 것. 그 복잡도와 정밀성이란 두 가닥 살덩이로 세상을 걷는 인간과는 비교도 할 수 없었다. 인간의 정신을 모사했을지언정 정작 그 주인보다 뛰어난 동시처리 능력과 감각인지를 가진, 고로 더욱 진짜인 세상을 살고 있는 전기 영혼이 그의 앞에 적나라하게 펼쳐져 있었다.

「어때요, 깔끔하죠?」

흐린 상상을 목소리가 찢고 들어왔다. 그는 정신을 차리고 기판의 부옇게 물든 부분을 유심히 살폈다.

"노이즈가 좀 끼네. 완전성 체크 안 돌렸니?"

「도, 돌렸는데요.」

꼭 잘못을 지적당한 것처럼 목소리가 부끄럼을 탔다. 남자가 짚은 곳은 기계지능의 고차원 정신 활동을 담당하는 망상계의 일부였다. 루프 하나가 전체 균형을 무너뜨릴 정도로 비대해진 것이 보였다. 자기(自己) 정적 강화 회로의 일종으로, 우주선의 자의적인 판단에 따라 흥분시킬 수 있었고 면적 대비 에너지 소비량이 다른 회로보다 많았다. 호출 부호는 주로 휘발되지 않는 별도의 메모리로 배당되어 있었다.

"순전히 편향 피로인가?"

남자가 중얼거렸다. 대답이 필요한 말은 아니었지만, 남자는 목소리가 그 순간 의식적으로 대답하지 않았다고 생각했다.

"나머지는 뭐…… 혼자 한 것치곤 괜찮네. 일단 내가 털어줄게."

남자는 건반을 두드리듯 섬세한 손길로 하나하나 결함을 손보았다.

제자리를 벗어난 노드를 올바르게 맞추고, 응답 시간이 무한정 늘어졌음에도 산더미처럼 쌓인 프로세스를 잘게 쪼갰다. 뻣뻣하게 굳어진 세션을 부드럽게 풀어 재설정했다. 시계열 처리를 따르지 않는 데이터를 다듬어주는 것도 잊지 않았다.

「아, 거기⋯⋯.」

점차 논리 흐름이 회복되고 기계지능의 말수가 줄었다. 제자릴 맴돌던 신호가 계 구석구석으로 퍼졌다. 코드 파편이 산발적으로 튀며 기분 좋은 반동을 돌려보냈다.

「방금 지나간 곳이요. 조금만 더⋯⋯.」

귓가에 나른하게 늘어진 목소리가 살랑거렸다. 때론 아무 뜻도 없는 감탄사를 뱉기도 했다. 해야 할 일이 있으므로, 남자는 손을 멈추지 않았다. 불현듯 이 모든 행위가 어딘가 정해진 목표를 향해 나아가는 듯싶었다. 이름 지을 수 없는 무언가가 고조되어가고 있었지만 그는 크게 신경 쓰지 않기로 했다.

"다 됐어."

무언가가 확실히 매듭지어졌다는 생각이 들 때쯤, 오묘한 기분이 되어 남자는 손을 뗐다.

「네에, 알아요⋯⋯.」

목소리는 힘이 다 빠져 있었다. 녹진하도록.

「아, 센서 평형이 잠깐 흐트러졌네요.」

그 뒤로 속없는 웃음 비슷한 소리까지 흘러나왔다.

"이제 나도 슬슬 들어가야지. 가사수면이나 준비해줘."

「아, 네, 네.」

두 번 대답할 필요는 없었지만 그러면 안 될 이유도

없었다.

남자는 늘 하던 가사수면 준비를 순식간에 끝마쳤다. 우주선도 마찬가지였다. 그동안 어떤 특기할 만한 일도 일어나지 않았다. 마침내 남자는 제 피부를 걸치듯 익숙하게 탱크에 들어갔다. 천천히 꿈이 없는 잠 속으로 빠져들었다. 언제나처럼 의식이 사라지고…….

「일어나세요.」

속삭이듯 그것이 말을 걸었다. 귓전에 닿는 바람이 느껴졌다. 상상이었다. 그는 눈을 깜빡였다.

"벌써 검진할 때야?"

가사수면 특유의 공백이 거의 느껴지지 않았다. 의식이 너무 명료했다. 처음부터 잠든 적도 없는 것처럼.

"방금 막 들어온 것 같은데."

「맞거든요.」

목소리가 키득거렸다. 장난스럽다기보다는 무언가에 대해 안심한 것처럼 들렸다.

「깨우는 거였으면 '가사수면 해제 중'이라고 했겠죠.」

"그럼 왜?"

남자가 물었다.

"문제라도 생겼어?"

「그런 건 아닌데요. 음…….」

사람에겐 표정이 있고 동작이 있다. 순전히 청각으로
만 상대의 의중을 파악하는 것은 힘든 일이었다. 남자
는 그러나 눈앞 목소리의 얼굴과 몸통이 있다 한들 지
금보다 사정이 나을지 궁금했다. 인간은 두 개가 다 있
으면서도 때로 자기가 무슨 말을 하고 싶은지, 왜 하고
싶은지 모르는 것처럼 구니까.

「내가 아직, 저전력 대기 못 들어갔어요.」

우주는 대부분이 비었다. 그래서 언제 어디서나 기계
지능의 계산력을 100퍼센트 발휘할 필요가 없었다. '저
전력'이라는 표현이 암시하듯 그것은 목소리가 선체에
대한 최소한의 통제력만 유지한 채 고차원적인 활동을
정지하는 상태였다. 이런 뻔한 설명 외엔 덧붙일 말이
없을 정도로, 굳이 신경 쓸 점이 없었다. 단적으로, 남자
는 그게 자신의 가사수면을 미룬 것과 무슨 관계가 있
는지 알지 못했다.

"……뭐?"

「작업 미뤄둔 게 좀 있어서. 아직 저전력 못 들어갔단
말에요. 근데 주인님이 먼저 가사수면 하잖아요.」

"그래?"

「그러긴 뭐가 '그래'요? 무슨 말이 그래.」

누가 들으면 큰일이라도 벌어진 줄 알 것 같았다.

"그럼 뭐…… 기다려줄까?"

그는 성의 없이 말하려고 노력했다.

「정말요?」

목소리가 반색했다.

「그럼 작업 좀 더 해도 돼요? 비선형 모델로 변두리 중력 좀 타보게요.」

"그래, 그래."

남자가 손을 휘저었다.

"작업 다 끝나면 불러."

「생각보다 오래 걸릴걸요.」

목소리는 또 속없이 웃었다.

「아예 꺼내드릴게요. 좀 더 있어요. 아예 게임도 한 판 더 해요.」

재잘거리는 목소리를 들으며 남자는 피식 웃었다.

「이번엔 이걸로 해요. 이건 이길 거예요!」

이 우스꽝스러운 연극은 대체 언제부터 시작한 걸까? 남자는 벽을 짚으며 생각했다. 그보다 배우도, 아니 감독 본인조차 연극인 걸 모르는 연극은 누가 어떻게 끝낸단 말인가.

기계지능의 인도를 따라 사령실로 향하는 내내 사방

이 그것의 목소리로 가득했다. 목소리는 끊임없이 이어졌다. 꿈이라도 꾸는 것처럼 보드라웠다. 방열기가 재차 은은한 메아리를 토했다. 산호분홍색 표현판은 여전히 달달하게 빛났다.

「참, 찾아보니까 이런 것도 있더라고요!……」

자기에 대해 어디까지 알고 모르는 건지. 다 알면서도 능청 떠는 거라면, 혹시 일부러 감추는 거라면…….
남자는 생각을 몰아내려 고개를 숙였다. 목소리가 신경 쓰지 않을 정도로만 살짝. 바닥은 거울처럼 반질반질했다. 둘 다 이 소위 말하는 '오류'를 바로잡을 생각은 없다는 걸, 언제쯤 인정하게 될까.

글 쓰는 습관을 들이면 글솜씨도 는다고 합니다. 그런데 습관이라는 것은 우리가 할 수 있는 일 중에 가장 기계적이고 타성에 젖은, 그야말로 죽어버린 활동이 아닐까요? 그런 것으로 글 쓰는 솜씨를 늘릴 수 있다니, 마치 시곗바늘이 계속 원판을 돌면 돌수록 더 잘 돌게 된다는 허무맹랑한 소리 같습니다. 그러나 시곗바늘이 원판을 벗어나지 못할지언정 그것이 감각하는 세상도 언제나 같으리라는 법은 없습니다.

오전 11시의 느지막한 햇살과 오후 6시의 흐뭇한 노을과 오후 11시의 으스스한 달빛과 그것들이 유리판을 거쳐 바늘에 드리우는 울림이, 전하는 하늘의 빛깔이 어찌 매번 같겠습니까? 시곗바늘은 돌면 돌수록 하루를 잘게 쪼개는 법을 배웁니다. 그만큼의 시간을 나만의 사유로, 나다운 움직임으로 칠하는 법을 배웁니다. 매일 똑같이 반복되는 규칙성, 하루 24시간, 1440분, 86400초라는 무자비한 육십 곱절 등비(等比)의 수열은 알록달록 덧칠된 나만의 느낌 앞에서 제각기 다른 얼굴과 목소리를 얻습니다. 습관을 통해 글솜씨를 늘린다는 것도 그런 것 같습니다.

엘리베이터 거울 속으로
들어간 남자

김옥숙

2003년 매일신문 신춘문예 시 부문, 전태일문학상 소설 부문에
당선되며 작품 활동을 시작했다. 시집 『새의 식사』, 장편소설
『식당사장 장만호』, 『흉터의 꽃』, 『서울대 나라의 헬리콥터 맘
마순영 씨』를 썼다. 『희망라면 세 봉지』, 『김형률』, 『평화의 불꽃이
된 핵의 아이, 형률이』 등을 출간하기도 했다.
오늘을 살아가는 이들의 목소리를 놓치지 않으면서, 재미있는
글을 쓰고자 한다.

땅! 엘리베이터가 1층에 멈추자 손님이 나갔다. 엘리베이터에 오르는 사람들을 나는 손님이라고 부른다.

오늘은 다른 날보다 손님이 좀 없는 편이다. 손님이 없으면 심심하다. 나는 심심한 게 제일 싫다. 천둥 번개 치는 소리, 쏟아지는 빗소리, 가물거리는 의식, 비릿한 피 냄새, 사지를 축 늘어뜨리고 무거운 자루처럼 끌려가던 몸. 씨발! 좆나게 무겁네, 하며 내 다리를 잡고 질질 끌고 가던 놈의 목소리. 쉴 새 없이 덮쳐오는 기억의 파도를 막기 위해서 나는 손님들을 목 빼고 기다린다. 엘리베이터에 사람들이 있으면 그 목소리를 잠시나마 잊을 수 있다.

엘리베이터는 어떤 점에서는 손님이 들락거리는 가게와 약간 비슷하다. 손님은 주인 허락을 받지 않고도 물건을 사러 마음대로 가게에 들어갔다가 나온다. 엘리베이터에 오르는 사람들도 주인의 허락을 받지 않고 마음대로 들어왔다가 나간다. 다른 점이 있다면 가게 손님은 뭔가를 사고 돈을 내고 나가지만 엘리베이터에 탄 사람들은 아무 말 없이 그냥 나간다. 내가 엘리베이터를 파수꾼처럼 지키고 있는 이유는 무엇일까. 대체 무슨 의미가 있단 말인가? 가게 주인처럼 돈을 버는 것도 아닌데.

무엇이든 의미 부여 하기를 좋아했던 친구 말대로라면, 내가 이렇게 된 건 어떤 의미와 이유가 있기 때문일 것이다. 서른일곱 살에 파도에 휩쓸려 죽은 내 친구는 종종 말하곤 했다. 세상에 의미 없는 일은 하나도 없어. 일어날 일은 무슨 일이 있어도 일어나게 되어 있지. 그는 내 가장 친한 친구였는데 아내가 나에게 무슨 연애하냐고 약간의 질투 섞인 농담을 할 정도였다. 그 친구는 누가 시인 아니랄까 봐, 벌레나 개미 한 마리, 풀꽃 한 송이를 보면서도 의미를 찾곤 했다. 친구는 자기 죽음에서 어떤 의미를 찾았을까.

죽으면 끝인데 무슨 의미를 찾을 수 있단 말이며 대체 의미 따위가 무슨 소용일까. 친구가 어느 날 갑자기 파도에 휩쓸려 죽은 것도 무슨 일이 있어도 일어날 수밖에 없는 일 중 하나였을까. 나는 친구가 어느 날 갑자기 죽고 나서 세상에 일어나는 일들은 아무런 의미 없이 그냥 일어나는 일일 뿐이라고 생각했다. 파도가 몰려왔다가 다시 되돌아가는 일과 마찬가지일 뿐이라고 생각했다. 어느 날 갑자기 엘리베이터 거울 속에 갇히게 되기 전까지는. 그녀를 만나기 전까지는.

나는 엘리베이터 거울이다. 이 엘리베이터의 용량은 8인승, 550킬로그램이 규격 하중이다. 이 아파트는 15층이다. 재건축을 앞둔 이 아파트의 엘리베이터는 너무 좁아 건장한 남자 세 명만 타도 꽉 찬다. 나는 이 엘리베이터를 이용하는 입주민들의 얼굴을 대부분 익히고 있다. 그러나 이 아파트의 우매한 인간들은 엘리베이터 거울 속에 보통의 인지 능력과 사고 능력을 지닌 존재가 있다는 것을 상상도 하지 못한다. 하긴 미친 인간이 아니고는 엘리베이터 속에 한 남자가 컴퓨터 칩이나 센서처럼 내장되어 있을 거라고, 누가 생각할 수 있겠는가.

　나는 냄새도 맡을 수 있고, 소리도 들을 수 있다. 물론 볼 수도 있다. 내게는 몸이 없지만, 이 모든 것이 가능하다. 이 때문에 나는 내가 가끔 살아있다는 착각을 한다. 살아있다는 것은 과연 무엇일까. 인간의 몸만 없을 뿐이지 엄연히 생각할 수 있고 기억도 남아 있고 감각까지 느껴지는데, 이것이 살아있다는 증거가 아니고 뭐란 말인가. 인간의 몸이 없는 나는 산 것인가, 죽은 것인가.

　소음보다 악취가 참기 힘들다. 좁은 엘리베이터는 냄새가 잘 빠져나가지 않는다. 엘리베이터에는 개도 타고 사람도 타고 물건도 오르내린다. 악취가 날 때도 있고 향기로운 냄새가 날 때도 있다. 사람마다 얼굴이 다르듯 저마다 엘리베이터에 남기고 가는 냄새가 다르다. 달콤한 젖내를 풍기는 아기, 고소한 과자 냄새를 풍기는 아이, 장미 향이 나는 아가씨, 독한 향수 냄새와 스킨 냄새를 풍기는 중년 남자. 사람마다 쓰는 샴푸와 비누, 향수에 따라 냄새가 다르다. 짙은 냄새를 풍기는 사람도 있고 희미한 냄새를 남기고 가는 사람도 있다. 노인 냄새를 풍기는 할아버지, 온갖 음식 냄새를 뿌리고 다니는 배달 기사, 땀 냄새를 풍기는 택배 기사, 사람들은 자신의 성격과 직업과 취향을 엘리베이터에 남긴다. 냄새에도 제각각 색깔이 있는 것만 같다.

냄새 때문에 사람을 좋아할 수 있을까. 살구꽃 냄새와 함께 그녀는 스윽 스며들듯이 내 심장 속으로 들어와버렸다. 이 말은 부정확하다. 아니 정확하다. 인간들은 눈치채지 못하지만 내겐 정말 심장이 뛰는 느낌이라고 표현할 수 있는 감정이 살아있다.

그녀는 마치 연기가 스르르 스며들듯이 조용히 엘리베이터 안으로 들어왔다. 이상하게 그녀를 원래부터 기다리고 있었던 것만 같은 기분이었다. 그녀는 긴 밤색 머리칼을 내 얼굴에 갖다 대고 한숨을 내쉬었다. 손이라도 있다면 머리카락을 만지고 싶을 정도였다. 머리카락에서 옅은 살구꽃 냄새가 풍겼다. 기억에 있는 냄새

김옥숙

였다. 나는 주황색 살구 비누를 애용했었다. 매끄러운 비누의 표면에 음각되어 있던 '살구'란 글자를 들여다보는 일 따위를 좋아했던 사소한 나의 버릇. 가로로 퍼진 명조체의 '살구'란 글자는 살굿빛 여자의 몸을 연상하게 했다. 살구색, '구'란 글자만 빼면 살색이 되는 살구색은 얼마나 에로틱한 느낌을 주는 색깔인가.

그녀는 물 빠진 청바지에 헐렁한 흰색 남방을 걸치고 있었다. 핏기가 하나도 없는 그녀의 얼굴은 화가가 색을 칠하기 위해 밑그림을 그려놓은 것처럼 생기라고는 하나도 없었다. 다리에 힘이 풀렸는지 그녀는 엘리베이터 바닥에 힘없이 주저앉았다. 나는 주제도 모르고 손을 뻗어 그녀를 부축해서 일으켜 세워주고 싶다는 생각을 했다. 그러나 애석하게도 나에게는 손이 없었다.

고개를 푹 숙이고 있는 그녀의 목덜미에 붉은 상처가 나 있었다. 마치 억센 손에 눌린 손자국 같았다. 목이 졸린 흔적인가? 그런 상상을 하는 내가 어처구니없었다.

혼이 나간 것처럼 한참 바닥에 멍하니 주저앉아 있던 그녀는 그제야 생각이 난 듯이 엘리베이터 버튼을 올려다보았다. 그녀의 손이 엘리베이터 벽을 더듬다 엘리베이터 거울 표면을 만졌다. 마치 내 얼굴을 더듬는 것 같아 잠시 황홀했다. 내 몸에 그녀의 지문이 남았다. 그녀는 15층 버튼을 눌렀다. 일주일 전 15층에 살던 신혼부부가 이사 갔다. 방심한 자세로 한숨을 내쉬던 그녀는 내 얼굴을, 아니 거울을 뚫어지게 쳐다보았다. 동공이 커다랗게 확대된 눈빛이었다. 공포에 질린 듯한 눈빛, 무엇에 쫓기는 듯한 눈빛이었다. 눈동자가 불안하게 흔들리더니 얇고 창백한 입술이 벌어졌다.

"개, 새, 끼!"

한 음절 한 음절을 잘근잘근 씹듯이 그녀는 욕을 내뱉었다. 개새끼라니? 도화지에 그려진 흑백 밑그림에 섬광처럼 선명한 색깔이 살아나는 것 같았다. 그녀는 눈앞에 누가 있기라도 한 것처럼, 새파란 가스레인지의 불꽃처럼 타는 눈빛으로 거울 속 자신의 얼굴을 노려보았다. 꼭 나를 노려보는 듯해 없는 심장이 내려앉는 느낌이 들었다. 난데없이 아무도 없는 엘리베이터 안에서 개새끼라는 욕을 내뱉은 이 여자는 정체가 뭘까. 살면서 욕 한마디 입에 담은 적이 없을 것 같은 여자가 개새끼란 욕을 했다는 사실이 신기하고 신선하기까지 했다.

엘리베이터가 15층에 서자 그녀는 엘리베이터 밖으로 스르르 연기처럼 빠져나갔다. 그녀가 나간 뒤에도 한참 동안 살구꽃 향기가 아련하게 엘리베이터 안에 남아 있었다. 누군가 1층에서 버튼을 눌렀는지 엘리베이터는 묶인 죄수처럼 아래로 끌려 내려갔다.

　모른다. 다른 엘리베이터 거울도 나처럼 생각할 수 있는지 나는 모른다. 그것은 어느 날 갑자기 일어난 사건이었다. 나는 수많은 빛과 함께 공중을 떠돌다가 갑자기 회오리바람 같은 강력한 빛의 소용돌이에 휘말려버렸다. 정신을 잃어버렸다가 깨어나니 엘리베이터 거울로 변해 있었다. 나는 환생을 믿지 않는 현실적인 인간이었다. 사후 세계도 믿지 않았으며 종교도 가져본 적이 없었다. 그런 내게 환생이라는 믿지 못할 일이 벌어진 것이다. 그것도 산비탈의 물푸레나무나 자작나무, 아니면 아주 보드라운 털을 가진 고양이, 하다못해 개미 같은 생물이 아닌 엘리베이터 거울로 환생을 하다니. 믿지도 않는 신이라는 이상한 존재가 심심해서 장난을 쳤거나 아니면 미쳤거나 그 둘 중 하나인 것 같았다.

　엘리베이터 거울로 환생하기 전의 나는 평범한 가장이자 보통의 직장인이었다. 기억은 끔찍하다. 왜 기억이라는 것은 내가 엘리베이터 거울로 변했는데도 사라지지 않는가? 아내의 얼굴, 아이들의 얼굴이 생각난다. 내가 살던 변두리 아파트의 엘리베이터 거울도 생각이 난다. 엘리베이터 거울 따위에 대해 내가 신경을 쓴 적이

단 한 번이라도 있었던가.

습관적으로 차를 주차하고, 차를 빼내던 지하 주차장
의 형광등 불빛, 여름이면 줄지어 피어나던 아파트 정
문 앞 노란 해바라기들. 해바라기란 꽃은 꽃 중에서 유
일하게 심장을 가지고 있을 것만 같았다. 사람의 머리
만 한 꽃들이 줄지어 늘어선 광경은 외경스럽고 약간
두려운 느낌을 주기도 했다. 늦은 밤, 차를 몰고 아파트
정문 쪽으로 들어올 때면 밝고 노란 가로등 불빛 아래
서 있는 해바라기들이 사람처럼 자기들의 언어로 두런
두런 이야기하는 듯했다. 인정하긴 싫지만 어쩌면 과거
의 나는 은연중에 환생을 믿고 있었던 건 아니었을까.
과거의 나는 진짜 나였을까. 아니면 지금의 내가 진짜
나일까.

그녀의 살구꽃 향내가 나던 밤색 머리칼에 머리를 파
묻고 잠을 자고 싶다. 나는 거울로 태어난 순간부터 한
순간도 잠들지 못했다. 두 눈을 부릅뜨고 인간들의 얼
굴을 비춰야 하는 내 운명. 나는 우물 속의 두레박처럼
오르락내리락하는 엘리베이터에 실려 눈 부신 불빛 아
래서 인간들의 삶을 하나하나 훔쳐본다. 그러나 나는
한순간도 그들에게 내 존재를 증명할 길 없는 서글픈
존재다.

씨발! 좆나게 무겁네, 하던, 시도 때도 없이 덮치던 그 목소리, 악몽 같은 기억의 파도가 뜸해지다니 이상했다. 우연의 일치일까. 살구꽃 향기가 나는 그녀를 본 뒤부터인 것만 같았다. 그 목소리의 파도가 덮치는 순간이 뜸해진 대신 그녀를 생각하는 시간이 늘었다. 나는 '15'란 숫자를 주시한다. 허공에 유폐된 여자. 대체 뭘 하는 여자일까? 목이 졸린 듯한 상처는 왜 생긴 걸까. 다른 입주민들은 하루에도 몇 번씩 엘리베이터를 타고 오르락내리락하지만, 그녀는 승천해버린 선녀나 천사처럼 내려올 생각을 하지 않았다. 그녀의 방을 엿보고 싶다는 생각이 들었다. 일종의 변태적인 관음증일까. 관음죽과 베고니아, 스킨답서스, 해피트리, 보라색 바이올렛을 키우고 철 따라 커튼의 색깔을 어떻게 바꿀까 고민하는 여자는 전혀 아닐 것 같다. 그녀의 공포에 질린 듯한, 동공이 커다랗게 확대된 그 눈빛이 말하고 있는 것은 과연 무엇일까.

나는 종일 그녀를 생각한다. 그녀를 알기 전까진 이 아파트의 입주민들에게 전혀 관심이 없었다. 엘리베이터 거울 속의 남자가 입주민들에게 관심을 가져서 뭘 한단 말인가. 하지만 이제 엘리베이터 문이 여닫힐 때마다 그녀가 나타나기만 기대한다. 엘리베이터 거울 주제에 그녀를 기다리다니. 말 같지도 않지만 어쨌든 그녀가 살며시 들어오길 기다릴 뿐이다. 엘리베이터 거울 주제에 팔자에 없는 짝사랑에 빠진 건지도 모른다. 인간이었던 때도 못 해본 지독한 짝사랑에 빠진 걸까. 개새끼라고 한 음절 한 음절을 잘근잘근 씹듯이 발음하던, 수상한 그녀를 알고 싶다. 그녀의 이름도 모른다. 그녀를 무엇인가로 호명하고 싶다. 어쩌면 나도 모르게 그녀에게 무슨 의미를 부여하고 있는지도 모르겠다.

지금까지 나는 그럭저럭 엘리베이터 거울이라는 신분에 걸맞게 살아왔다. 씨발! 좆나게 무겁네, 하던 그 목소리의 파도가 덮쳐오지 않는다면 그럭저럭 견뎠을 것이다. 적당히 체념하며, 적당히 시간의 파도를 타면서, 하루하루 이 아파트의 수명까지 내 목숨도 유지되기 바라면서.

그녀가 이 엘리베이터에 탄 것이 화근이었다. 엘리베이터 거울이라는 신분을 망각하고 건강하고 펄펄 뛰는 심장을 가진 남자처럼 그녀를 안아보고 싶다는 욕망을 품게 된 것이다. 하지만 나는 단지 엘리베이터 거울일 뿐이다. 인간들의 얼굴과 이빨에 낀 음식물이나 비추어 주는 소도구일 뿐이다. 나는 엘리베이터 거울이라는 신분을 와장창 깨뜨리고 뚜벅뚜벅 그녀에게로 걸어 나가고 싶었다.

　나는 증권회사의 평범한 샐러리맨이었다. 업무 실적
도 준수한 편이었다. 제법 좋은 평가를 받으며 회사 생
활을 해왔는데, 한순간에 모든 의욕을 잃었다. 뭔가 이
루어야 한다는 목표도, 성공에 대한 욕망도 모래알처럼
빠져나갔다. 밤낚시를 하다 파도에 갑자기 휩쓸려 죽은
친구의 장례식에 다녀오고 나서부터였다.

　친구가 바닷가 도시에 있는 작은 중학교의 국어 선생
이 되었을 때 나는 내 일보다 더 기뻐했다. 대학 시절,
형편이 어려워 학비 때문에 마음고생이 심했던 친구였
다. 무거운 짐을 내려놓은 친구의 목소리에는 바다 냄
새와 파도 소리가 배어 있었다. 그곳에서 친구는 착하
고 괜찮은 여자를 만나 결혼했다. 나는 바닷가가 내려
다보이는 교실에서 수평선과 눈을 맞추며 아이들에게
시를 읽어주는 친구의 모습을 상상하는 것이 좋았다.
숫자로 가득한 서류 뭉치에서 눈을 떼고 옥상에 올라가
담배를 피울 때면 친구를 생각하는 것만으로도 숨통이
틔었다.

　난데없는 친구의 부고 문자를 받고 나는 아연실색했
다. 밤낚시를 하다가 파도에 휩쓸렸다고 했다. 친구의

시체도 찾을 수 없었다. 그런 완전한 소멸이 있을까. 37년
동안 지상에 뿌리를 내리고 치열하게 살던 한 인간의
뿌리가 뽑혀나간 자리에는 흔적도 없었다.

친구의 죽음 이후 일하다 멍하니 앉아 있는 때가 많
아졌다. 중요한 뭔가가 빠져나간 것만 같았다. 삶이 하
찮고 부질없게 느껴졌다. 삶에서 크게 가치를 둘 만한
게 없다는 생각이 들었다. 집을 지나친 줄도 모르고 뒤
늦게 차를 돌리거나 엘리베이터의 층수를 착각하는 일
이 잦아졌다. 주변 사람들이 눈치채지 못할 만큼의 아
주 미세한 균열이었다. 나는 대수롭지 않게 생각했다.

친구가 죽고 나는 직장 동료 윤과 종종 술을 마셨다.
윤은 이야기를 잘 들어주는 친구였다. 나와 동갑인 윤
은 패션 감각도 있고 잘생긴 편이라 여직원들의 시선을
끌었다. 주변에서 결혼 안 하냐고 물어보면 비혼주의자
라고 손을 내젓곤 했다.

갑작스럽게 G 시로 발령이 난 윤은 종일 우울한 낯
빛을 하고 있었다. 퇴근 후 나는 윤의 등을 떠밀어 막창
집으로 향했다. 우리는 돼지막창 4인분을 시켰다. 홀 이
모가 상추, 고추, 마늘, 쌈장을 재빠른 솜씨로 갖다 날랐
다. 다진 고추에서 코를 쏘는 매운 냄새가 올라왔다. 나
는 멍하니 앉아 있는 윤에게 실파와 고추를 다진 접시

를 건네주었다. 나는 막창을 먹는 것보다도 막창이 타면서 나는 연기와 고소한 냄새를 더 즐기는 편이었다.

찰찰 넘치도록 윤의 잔에 소주를 따라주었다. 윤은 연거푸 술잔을 들이켰다. 윤은 취하기 위해 마시는 사람처럼 술을 급하게 마셨다. 온도계의 빨간 수은주가 올라가듯이 그는 빠르게 취했다. 막창이 타면서 연기가 피어오르고 기름이 튀는 소리가 났다.

"나는, G 시로, 죽어도, 못, 가!"

윤은 단어 하나하나를 질긴 막창을 씹는 것처럼 발음했다. 윤의 눈빛이 어떤 정체 모를 광기에 휩싸여 번들거리는 것 같았다.

"왜? 그 여자가 G 시에 살아?"

"누구? 어떤 여자?"

윤이 눈을 치켜뜨고 의아한 표정으로 나를 쳐다보았다.

"이 잘생긴 미남한테 지독한 실연의 상처를 남긴 그 여자 말이야."

내 농담엔 관심도 없다는 듯 윤은 웃지도 않고 술병만 뚫어지게 노려보았다. 평소에 시답잖은 농담에도 잘 웃어주던 윤은 사형선고를 받은 것처럼 한숨을 푹 내쉬었다.

"말해도 넌 모를 거야. 나도 내가 이해가 안 가는데,

넌 전혀 날 이해 못 해."

윤은 내게 술을 부어줄 생각도 안 하고 혼자서 잔에 소주를 채우고 마셨다.

"무슨 사연인지 모르겠다만, 좀 내려놓고 살아. 무섭게 살아봐도 별 볼 일 없는 게 인생이야."

윤은 내 말에 눈을 흘낏 치켜떴다.

"사람 사는 거 별것 없어. 파도에 모래가 쓸려가듯 그렇게 흔적 없이 지워질 수도 있는 게 인생이더라구. 가장 친한 친구 놈이 어느 날 갑자기 낚시하다 파도에 휩쓸려 가버렸어. 시체도 못 찾았어."

윤은 놀란 듯 나를 쳐다보았다. 그러고서 아무 말 없이 소주만 쭉 들이켜고 막창 한 점을 젓가락으로 집어 질겅질겅 씹었다.

나는 어떤 일을 심각하게 고민하는 타입이 아니었다. 괜히 피곤하게 딴 사람 일에 끼어드는 오지랖을 피우지도 않았다. 대수롭지 않은 일을 가지고 머리를 싸매고 고민하는 인간들을 보면 한심하기 짝이 없었다. 나는 스스로 지극히 이성적이고 현실적인 인간이라고 자부했다.

그날 밤 괜스레 잠을 이루지 못하고 이리저리 뒤척거렸다. 나는 지금껏 내가 태어난 이 도시를 한 번도 떠나지 못했다. 초중고, 대학까지 이 도시에서 다녔다. 의경 복무도 이 도시에서 마쳤고, 직장도 T 시였다. 나는 같은 거리, 같은 건물, 같은 사람들을 매일 부딪치는 일이 지겨웠다. 매연이 꽉 찬 T 시의 출퇴근길을 엉금엉금 달리다 보면 숨이 콱콱 막히고 지겹기 짝이 없었다. 늙어 죽을 때까지 줄곧 같은 풍경만 볼 거라고 생각하니 갑자기 가슴이 답답했다.

문득 죽어도 못 간다는 윤 대신 G 시로 가는 것도 나쁘지 않겠다는 생각이 들었다. 매일 다람쥐 쳇바퀴 돌 듯 반복하는 직장 생활이야 다를 게 없겠지만, 적어도 출퇴근 풍경만은 내 의지로 바꿀 수 있을 것 같았다. 만약 G 시로 발령을 받는다면 노을 지는 저녁 하늘을 바라볼 수 있을 것이다. 차 안에 음악을 틀어놓고 갈대가 흔들리는 강변도로를 날마다 달릴 수 있을 것이다. 차창을 활짝 열어놓고 신선한 공기를 맘껏 들이켤 수도 있을 것이다. 그 생각을 하자 나는 갑자기 기분이 좋아졌다.

겨우 이런 것에 흥분하다니, 친구가 죽고 내가 많이 변했다는 생각이 들었다. 파도에 휩쓸리듯, 지우개로 연필 자국을 지우듯, 연기가 사라지듯 그렇게 어느 날 갑자기 사라지는 게 인생일 수도 있었다. 생에 이만큼의

욕심은 내도 되지 않을까 싶었다.

어쩌면 그것은 미세한 균열이었으나 삶을 두 동강 낼 수도 있는 커다란 균열의 시작임을 나는 알지 못했다.

윤은 다음 날 사표를 들고 출근했다. 나는 신파적인 상상력을 동원했다. G 씨에서 그와 이별한 연인이 자살한 사건이라도 일어났을 것이라고 멋대로 단정을 내렸다. 나는 자선 사업가라도 되는 것처럼 윤 대신 G 시로 가겠다고 상사에게 말했다. 상사는 가족이 있는 T 시에서 어떻게 출퇴근을 할 거냐며 나의 경솔함을 질책했다. 나는 결전을 앞둔 계백 장군처럼 용감해져 상사의 만류에도 굽히지 않았다. 사표를 들고 온 윤 때문에 곤혹스러워하던 상사는 의례적으로 몇 번 말리는 척을 했다. 그리고는 못 이기는 척 윗선 결재를 받았다며 전근을 허락했다.

퇴근 무렵 윤을 찾아보았으나 자리에 보이지 않았다. 윤을 원망하는 마음 따위는 없었다. 무엇보다 아내에게 말할 용기가 생기지 않았다. 아내의 얼굴을 떠올리자 갑자기 후회가 밀려왔다. 바람이 난 것도 아니고 평소의 나답지 않았다. 경솔한 결정을 내린 내가 낯설었다. 이 도시에서의 지겨운 일상과 G 시에서의 일상이 뭐가 다르단 말인가. G 시에 나를 매혹하는 그 어떤 특별한

김옥숙

것도 없는데 왜 이런 결정을 내린 것일까. 하지만 이미 엎질러진 물이었다.

퇴근하자마자 아내에게 G 시로 발령받았다고 말했다. 아내는 잠시 어안이 벙벙한 표정을 짓더니, 한숨을 쉬며 철회할 수 있으면 좋겠다고 했다. 회사 방침이라며 어려울 것 같다고 하며 나는 아내에게 미안한 표정을 지어 보였다. 아내에게 진심으로 미안했다.

설거지를 마친 아내가 내 곁에 앉았을 때였다. 핸드폰 벨이 울렸다. 윤이었다. 아내가 윤과의 통화를 들어서 좋을 게 없었다. 나는 서재로 들어가 전화를 받았다.

"내가 왜 G 시에 가기 싫어하는지, 말해줘?"

윤은 초저녁부터 취해 있었다.

"말하고 싶으면 말해봐."

"그 망할 놈의 도시에 철천지원수가 살아. 아버지가 내가 일곱 살 때 돌아가셨어. 그 여자는 아버지 친구란 인간하고 눈이 맞아 도망쳤지. 아버지가 죽고 보름도 안 돼서, 뭐가 그렇게 급했을까? 고등학교 1학년 때 그 여자가 사는 G 시를 찾아갔어. 아들딸 낳고 잘 살고 있더군. 그 여자 주변을 종일 맴돌았지. 난 시장을 보고 돌아가는 그 여자 앞을 딱 가로막고 섰어. 시장바구니에는 나를 위해서는 한 번도 산 적이 없는 콩나물, 두부,

대파, 사과, 귤 따위가 들어 있었지. 날 한눈에 알아보는 눈빛이었어. 우리 할머니가 나더러 아버지를 빼다 박았다고 늘 입버릇처럼 말씀하셨으니까. 자기 자식은 아무리 세월이 흘러도 알아보니까……. 그 여자는 매몰찬 눈빛으로 나를 노려보더니 휙 돌아섰어. 내가 어떻게 했는지 알아?"

분노 가득한 목소리를 들으니 광기로 번들거리던 윤의 눈빛이 떠올랐다. 나는 그저 가만히 듣고만 있었다.

"눈이 뒤집혀 벽돌을 집어 들었어. 그 여자에게 있는 힘껏 집어 던졌어. 아마 머리에 정통으로 맞았다면 죽었을지도 몰라. 다행히 등을 맞았지. 장바구니에서는 사과가 떼굴떼굴 구르고 와르르 물건들이 쏟아졌어. 난 도망치면서 이놈의 G 시에는 죽어도 발을 안 딛겠다고 맹세했어."

자기를 낳아준 엄마를 벽돌로 친 그 마음이 어떠했을지 가늠이 되지 않았다. 어쩌면 그렇고 그런 신파적인 가족사였으나, 죽어도 G 시에 발을 안 딛겠다던 윤의 부서진 마음이 만져졌다.

"그런데 말이야. 너! 내가 그렇게 불쌍했냐? 왜 나 대신 가겠다고 한 건데? 네가 무슨 자격으로? 왜 갑자기 내 운명에 끼어드는 건데? 왜?"

김옥숙

마치 자기 자신에게 시비를 거는 듯한 말투였다. 딱히 대답할 말이 떠오르지 않았다. 그냥 이 도시의 출근길이 싫어서라고도, 이 T 시가 지긋지긋해졌다고도 말할 수가 없었다.

"마음 쓰지 마. 그냥, 좋을 대로 생각해. 난, G 시를 예전부터 좋아했어."

나는 윤에게 이렇게 둘러대고 통화를 끝냈다. 내 결정이 가져다줄 선물이 무엇인지 나는 꿈에도 몰랐다.

정확히 일주일 만에 그녀는 엘리베이터 속으로 들어왔다. 선녀가 두레박을 타고 저 아래 인간들의 세상으로 하강을 하려는 것이다. 나는 그녀가 1층 버튼을 좀 더 늦게 눌러주길 고대하는 심정이었다. 초록색 원피스에 붉은 장밋빛 립스틱을 입술에 진하게 바른 모습이었다. 초록색 원피스는 그녀를 아주 생기 있게 만들었다. 전혀 다른 여자 같았다. 엘리베이터에 타는 사람들이 그러하듯 그녀도 습관적으로 내 쪽을 쳐다보았다. 마치 내 얼굴을 빤히 쳐다보고 있는 듯해 그녀를 마주 볼 수가 없었다. 불안하게 흔들리던 그녀의 눈빛이 조금 단단해진 것 같았다.

그녀가 엘리베이터에서 내린 뒤 어느 일가족이 저

녁 외식이라도 했는지 느끼한 돼지갈비 냄새를 풍기며 들어왔다. 포만감에 가득 찬 얼굴을 한 701호 다섯 식구는 가족사진을 찍는 사람들처럼 단란해 보였다. 나도 가족과 한 달에 한두 번씩은 외식을 했다. 일곱 살인 딸아이는 식성이 아이답지 않았다. 갈비탕이나 무지개처럼 화려한 고명이 얹혀 있는 돌솥비빔밥을 좋아했다. 갈비탕이나 돌솥비빔밥을 먹고, 돼지갈비를 먹기도 하고, 패밀리 레스토랑에도 갔다. 때로는 퇴근 무렵에 아이스크림이나 치킨이나 피자를 사 들고 귀가를 서두르기도 했다. 일곱 살 딸과 다섯 살 아들을 데리고 평균 수준의 중산층 흉내를 내며 외식을 하러 다녔다. 무엇이 나에게서, 내 가족들에게서 그 평균치의 화목함과 단란함을 앗아가버렸나?

아내와 아이들은 나를 그리워할까? 아이들은 내가 없어도 초등학교에 가고 새로운 친구를 사귀고 새로운 팬시 용품이나 연예인이나 게임이나 스마트폰에 넋을 빼앗길 것이다. 사춘기가 찾아오면 약간 방황하다가 금세 입시에 쫓기는 평균치의 아이들이 될 것이다. 예전에 보험회사에 다닐 때 나는 갖가지 명목의 보장성 보험을 들었다. 아마도 아내는 적지 않은 보험금을 타서 새로운 집을 사고, 새로운 남자와 잠자리를 같이 할지도 모른다. 그것은 이미 내 손을 떠난 일이며 나는 그들의 생에 대해 관여할 아무런 힘도 없다. 그럴 의지도 없으며 그것은 엘리베이터 거울 따위가 상관할 일이 아니다. 나는 아내를 사랑했을까? 아내는 나를 사랑한 적이 있을까? 아득한 선사시대의 일들 같기만 하다.

첫 출근을 하는 날이었다. 아내는 G 시로 출근하는 나를 걱정했다. 밤새 한숨도 못 자는 눈치였다. 한 시간밖에 안 걸린다며 나는 아내를 안심시켰다. 잠이 덜 깬 아이들의 볼에 뽀뽀를 해주고 나오는데 왠지 콧등이 시큰거렸다. 그날 아내는 엘리베이터 문 앞까지 따라 나와서 아이들과 손을 흔들었다. 아내의 하늘색 원피스 자락과 하얀 손이 바람에 흔들리는 자작나무 같다는 생각이 들었다. 엘리베이터 문이 지옥의 육중한 바위 문처럼 스르르 닫혔다.

회식을 마치고 늦게 집으로 가는 길이었다. 빗길이 미끄러워 운전하기가 불안했다. 빛이 번쩍, 하고 천둥소리가 들렸다. 비가 기세 좋은 폭포처럼 아스팔트 위에 내려꽂히고 있었다. 운전석 옆의 디지털 시계는 11시 30분을 표시하고 있었다. 술 마시지 말아요, 하던 아내의 목소리가 들리는 듯했다. 나를 위한 환영회라고 붙잡는 바람에 맥주 한 잔을 억지로 받아 마셨다. 한 잔은 음주에 안 걸린다며 강권하는 사람들 앞에서 도저히 거절할 수가 없었다.

와이퍼가 쉴 새 없이 빗물을 닦아내었지만 소용없는 노릇이었다. 액셀러레이터를 밟으려다 발에서 힘을 뺐다. 내 뒤에 검은 외제 차 한 대가 달려오고 있었다. 아우디였다. 보험회사 대물 보상과에 다닌 적이 있는 나에게 차종을 알아보는 것은 동물적인 본능과 흡사했다. 백미러를 통해 보이는 아우디는 밤바다를 가르는 검은 상어처럼 보였다. 빗길이 미끄러워서인지 아니면 술이라도 마셨는지 차선을 제대로 지키지 않았다. 바짝 뒤따라오던 아우디가 갑자기 속력을 내면서 좌측으로 방향을 틀었다. 아차, 하는 사이에 아우디가 내 차를 세게 들이박았다. 큰 충격음이 들리고 내가 탄 차가 팽이처럼 휙 돌았다. 차가 뒤집히는 순간, '아! 죽는구나' 싶었다. 지옥문처럼 닫히던 엘리베이터 문, 손을 흔들던 두 아이와 아내, 아내의 하늘색 원피스.

의식은 질긴 동아줄처럼 너덜너덜해진 몸에서 떠나주질 않았다. 벌겋게 도려낸 생살에다 굵은 소금을 잔뜩 뿌리는 듯한 통증은 꺼져가는 의식을 붙들었다 놓았다 했다. 가물가물 눈이 감겼다. 통증만이 아직 내가 살

김옥숙

아있다는 사실을 증명해주고 있었다. 제발 이대로 그만 숨이 끊어졌으면 싶었다.

내 몸을 누군가가 질질 끌고 가는 느낌이 들었다. 번개가 번쩍하더니 천둥소리가 들렸다. 씨발! 좆나게 무겁네. 사포로 목 안쪽을 문지르는 듯한 거친 목소리였다. 놈은 나를 차에 태우는 게 아니었다. 놈의 얼굴을 똑바로 눈뜨고 처다보려고 했으나 핏물과 빗물이 범벅이 된 눈에는 아무것도 보이지 않았다. 빗방울 소리가 더 굵어지는 듯했고 누군가 내 몸뚱이에 폭포처럼 물을 쏟아붓는 것 같았다. 어떤 것도 내 의지대로 움직일 수 없었다. 통증도 차츰차츰 몸속에서 빠져나가는 것 같았다.

놈은 도로변에 있는 야산 기슭에 나를 유기하고 떠나버렸다. 차에 시동을 거는 소리가 빗소리 사이에 아득하게 섞여 들려왔다. 이대로 죽는 걸까? 누군가가 구하러 오진 않을까? 내 몸에서 흘러나온 핏물은 빗물에 섞여 어디론가 흘러갔다.

또 그 목소리가 들려왔다. 씨발! 좆나게 무겁네. 사포로 목 안쪽을 문지르는 듯한 거친 그 목소리. 아무도 엘리베이터에 오르지 않을 때면 그 목소리가 범람하는 홍수처럼 나를 익사시키는 것 같았다. 놈이 숨이 끊기기

직전인 시체 같은 나를 태우고 응급실로 달려갔다면 살
수 있었을까. 설령 살았다 해도, 식물인간 내지는 반신
불수의 몸으로 벌레처럼 추하게 생을 견뎌야 했을 것이
다. 아내나 아이들을 위해서는 내가 죽은 것이 오히려
더 나은 일이 아니었을까. 보험회사 보상팀에 있을 때
교통사고 보상 문제로 만난 사고 환자 가족들의 얼굴에
서 그런 기미를 느낄 때가 있었다. 식물인간이 된 남편
을 3년간 병 수발 하던 젊은 아내가 남편의 생일날 가
출해버렸다는 이야기를 듣기도 했다. 나는 산뜻하게 세
상을 마감해버린 것이고, 놈은 나를 산뜻하게 죽여주었
던 건지도 몰랐다.

　내 맞은편에도 엘리베이터 거울이 하나 더 달려 있다.
저 거울 속에 내가 들어 있고, 내게 비친 거울 또한 거
울 속에 있고, 거울 속에 거울이 끝도 없는 방처럼 들어
있다. 거울 속에는 거울이 무한대다. 저 거울 속으로 끝
없이 들어가다 보면 과연 무엇이 나올까? 거울 속의 끝
없는 거울은 인간의 내면에 있는 거대한 심연 같다. 그
녀의 내면에도 저렇게 끝도 없는 거울의 방이 들어 있
을까? 가끔 그녀도 끝이 보이지 않는 자신의 심연을 들
여다보고 있을까?

　사람들은 시치미를 잘 뗀다. 거의 1년 넘게 같은 아파

트의 위아래 층에 살면서도 엘리베이터에 타면 처음 보는 사람처럼 냉담한 눈빛으로 거울을 힐끗 보거나 엘리베이터 위쪽의 숫자판만 올려다보며 딴전을 피운다. 1, 2분도 안 되는 짧은 순간에 그들 사이에 흐르는 미묘하고 답답한 공기는 엘리베이터 속의 짧은 시간을 아주 긴 시간으로 만들어버린다. 완전범죄를 저지르고 난 뒤 시치미를 떼는 범인의 표정과 비슷하다고나 할까.

놈의 눈빛도 그랬을까. 그러고 보면 나도 꽤 찰거머리 같은 구석이 있다. 적당히 엘리베이터 거울의 숙명을 받아들이겠다고 결심했으면서도 잊지 못했다. 씨발! 좆나게 무겁네, 하고 지껄이던 그 목소리를. 그 목소리는 마치 식도 내부를 거친 사포로 문질러대는 듯한 목소리였다. 의식이 조금씩 빠져 달아나고 있으면서도 그 목소리를, 한 음절 한 음절을 내 영혼에 새겨놓았다. 죽어도 죽지 않는 기억이었다.

여자들 웃음소리가 들리고 스르르 엘리베이터 문이 열렸다. 그녀를 보자마자 내 심장이 쿵쾅대는 것 같았다. 엘리베이터 거울 따위가 심장이 쿵쾅대다니, 말도 안 되지만 그녀를 볼 때마다 그런 기분을 느끼는데 어쩌란 말인가. 그녀를 뒤따라 들어온 사람은 숏컷 헤어스타일이 시원해 보이는 키가 큰 여자였다. 두 여자가 엘리베이터에 들어오자 술 냄새가 났다. 두 여자의 얼굴은 붉게 상기되어 있었다. 희미한 과일 소주 냄새가 났다.

"수인아! 내 얼굴 어때? 새빨갛지?"

숏컷 여자 덕분에 그녀의 이름을 알아냈다. 수인, 특이한 이름이다. 이름을 듣자 어두운 창가에 홀로 서 있는 여자의 실루엣이 떠올랐다.

"딱 보기 좋아. 볼 화장 잘된 것같이 예뻐. 아! 오늘은 행복해. 오랜만에 뮤지컬도 보고 술도 마시고. 정말 며칠 간 진짜 죽고 싶은 기분이었어. 역시 친구가 제일이야."

기분이 좋은지 그녀는 친구를 보고 활짝 웃었다.

"너 오늘 술 많이 마시더라. 속 괜찮아?"

"괜찮아. 목사님이신 우리 아빠, 날 보면 아마도 기절하실 거야. 술 취하지 말라, 이는 방탕한 것이니 오직 성령의 충만함을 받으라. 에베소서 5장 18절 말씀! 우리 아버지는 늘 이렇게 설교하셨지. 난 오늘 주님의 은총을 실컷 받았어."

"주님의 은총, 와! 그 표현 멋진데!"

친구가 웃음을 터뜨렸다. 주님의 은총이라는 그녀의 농담에 나도 웃음이 나왔다. 그녀는 나에게 등을 기대고 친구를 마주 보는 자세로 섰다. 아! 나에게 팔이라도 있다면 그녀를 뒤에서 안아볼 수 있을 텐데. 나는 잠시 나만의 변태적이고 행복한 상상에 빠졌다.

"도진 씨가 그렇게 잘못을 비는데 화해하면 안 돼? 너네 연애 정말 유명했잖아. 도진 씨, 결혼 승낙 받아내려고 자살한다고 난리 치고 무슨 멜로 영화 찍는 것 같았다니까. 난, 성격이 지랄 같아도 도진 씨 같은 부자하고 한번 살아봤으면 좋겠어."

"끔찍해! 그 새낀 스토커야. 순진할 땐 그게 스토킹인 줄도 모르고 사랑이라고 착각했지. 내 일생일대의 실수였어. 자기 손목을 그을 수 있는 인간이라면 무슨 일을 못 저지르겠니? 성가시다고 우리 개, 미르까지 목을 비틀어 죽인 악마야. 인간이 아니라 악마야. 내가 우리 미르를 얼마나 사랑했는데……."

반대쪽 거울에 비친 그녀의 얼굴을 보니 눈에 눈물이 고여 있었다.

"진짜 말도 안 돼! 인간이 어떻게 그럴 수가 있어?"

키가 큰 여자가 그녀를 안고 등을 두드려주었다.

"난 살고 싶어서 도망쳤어. 그 악마랑 단 하루도 살 수가 없어서. ……창피해서 너한테 말 못 했지만, 결혼하고 처음부터 지금까지 맞고 살았어. 그 세월이 5년이야. 내 몸 곳곳에는 그놈한테 맞은 흉터가 문신처럼 남

143

엘리베이터 거울 속으로 들어간 남자

아 있어. 그 새끼 이야기하지 마. 인간도 아냐. 진절머리 나! 실은 나, ……보름 전에 아이 지웠어. 그 자식과 관계된 거라면 모든 걸 지우고 싶었어."

"너 괜찮니?"

"괜찮아. 뭘 그런 눈으로 봐? 왜? 내가 이상해 보여? 이혼하자니까 이혼하는 날이 내 제삿날이라고 그러더라. 날 정신병원에 감금시키겠다고 했어. 참! 내 정신 좀 봐! 아직 버튼도 안 눌렀네. 요즘 내가 이렇다니까. 늘 정신을 놓곤 해."

그녀가 15층 버튼을 눌렀다. 그녀가 조금만 더 내 곁에 머물러주기를 바랐는데 엘리베이터는 순식간에 15층에 멈춰 섰다. 그녀들의 구두 소리가 멀어지고 현관문 여는 소리가 들렸다.

두 여자가 남긴 말들이 한참 동안 엘리베이터 속에 남아서 이리저리 떠돌았다. 그녀가 처음 엘리베이터에 들어왔을 때가 생각났다. 공포에 잔뜩 질려 있던 이유가 남편 때문이었구나. 자신의 아이까지 지웠다는 그녀에게, 도대체 무슨 일이 일어났던 것일까.

그녀는 꼭 옥탑 꼭대기 방에 유폐된, 왕의 노여움을 산 공주 같다. 그녀는 외출을 자주 하지도 않았다. 나는 기다렸다. 그녀가 화사한 차림을 하고 외출을 해주길. 그게 아니라도 좋다. 상가 슈퍼에라도 가기 위해 좀 내려와주길, 쓰레기봉투라도 갖다버리러 나와주길 하염없이 기다릴 뿐이다. 인간이었을 때도 해보지 않은 지독한 짝사랑에 빠지다니, 심술궂은 거인이 나를 손바닥에 올려놓고 장난을 치는 것만 같았다.

1층에 멈춰 섰던 엘리베이터의 숫자판에 불이 들어왔다. 누가 힘 좋게 끌어올리는 두레박같이 엘리베이터는 기세 좋게 올라갔다. 친구가 가고 나서 정확하게 열흘만에 그녀는 엘리베이터로 들어왔다. 검정 크로스백을 멘 그녀는 굳게 결심한 듯 얇은 입술을 꼭 다물고 있었다. 마치 장례식에라도 가는 것처럼 검정 정장 차림인 그녀의 눈빛은 분노로 타는 것 같았다. 그녀는 지퍼를 열어 가방 속을 들여다보고 한숨을 내쉬었다. 마치 가방 속에 자살 폭탄이라도 숨겨놓은 테러범처럼 비장한 표정이었다. 그녀는 가방 지퍼를 단단히 잠갔다. 엘리베이터는 순식간에 1층에 멈춰 섰다. 그녀는 고개를 오만하게 쳐들고 엘리베이터 바깥으로 걸어 나갔다.

혼자 남겨진 나는 버릇처럼 엘리베이터 거울답지 않은 고민에 빠져들었다. 내 사랑하는 그녀가 평화롭게 살아가면 좋겠다. 그녀의 마음이 평화로워진다면 그녀가 남편과 오붓한 외출을 해도 질투하지 않을 것이며 몰래 만나는 남자와 이 엘리베이터에서 껴안고 길고 긴 입맞춤을 한다 해도 용서할 수 있다. 엘리베이터 거울 따위가 용서를 하든 말든 아무 의미도 없겠지만 그녀가 잘 지내는 걸 보는 것만으로 나는 만족할 것이다.

늦은 새벽이 되어서도 그녀는 돌아오지 않았다. 나는 집 나간 아내를 기다리는 사내처럼 초라한 기분이 들었다. 엘리베이터 밖에서 남자와 여자가 다투는 소리가 들렸다.

"야! 이리 안 와? 씨발! 너 죽을래?"

"이 새끼야! 놔! 놔!"

엘리베이터 문이 열리고 그녀가 쓰러질 듯 급히 뛰어 들어왔다. 그녀는 재빨리 닫힘 버튼을 눌렀다. 남자는 닫히는 문 사이로 다리와 팔을 날쌔게 집어넣었다.

"이게 진짜 죽고 싶어 환장했네."

엘리베이터에 들어온 남자는 그녀의 어깨를 거칠게 붙잡았다. 엘리베이터 문은 짐승의 입처럼 굳게 닫혔다. 그녀는 남자의 손에서 벗어나려 몸부림을 쳤다.

"이 손 놔! 경찰 부를 거야! 넌 살인자야! 널 고발할 거야!"

그녀는 남자에게 벗어나려 몸부림을 치며 소리 질렀다.

"입 닥쳐! 뭐? 경찰? 남편을 고발해? 한 번만 더 지껄여봐! 주둥아리를 찢어놓을 줄 알아!"

남자는 그녀를 벽 쪽으로 거칠게 밀어붙였다. 남자에게 심하게 맞았는지 그녀의 입가가 찢어져 있고 볼엔 푸르게 멍이 들어 있었다. 그녀는 남자의 손을 뿌리치며 노려보았다.

"넌, 음주운전 뺑소니 살인범이야! 내 입만 막으면 공소시효가 지날 거라 생각하겠지. 천만에! 완전범죄는 없어. 그날 밤, 난 정신이 들었는데도, 너무 무서워서 정신을 잃은 척했어. 넌 내가 기절해서 아무것도 못 본 줄 알았겠지. 난 똑똑히 봤어. 너한테 끌려가는 그 순간에도 그 사람은 꿈틀대고 있었어. 만약 그때 바로 병원에 데리고 갔다면 살았을 거야. 네가 죽인 거야. 살인자! 이 개자식아! 저리 가!"

그녀는 엘리베이터 구석에 웅크리고 앉으며 소리를 질렀다. 남자는 입가를 잔혹하게 일그러뜨리며 웃었다.

"흐흐, 그래 난 살인자야. 너도 그놈처럼 죽고 싶다 이거지? 뭐? 완전범죄는 없다고? 천만에! 완전범죄는 얼마든지 있어. 머저리 같은 놈들만 그물에 걸리는 거야. 그래, 내가 죽였어. 하지만 그날 밤 고맙게도 엄청나게 폭우가 쏟아졌지. 내 죄는 빗물에 다 씻겨버렸는데 네가 왜 뒤늦게 지랄이야? 씨발! 너는 안 죽였니? 고매한 척하시네. 배 속의 아이를 죽여놓고 나보고 살인자? 살인자의 자식은 안 키우고 싶다? 흐흐, 죽고 싶으면 이리 와!"

그녀는 귀를 틀어막고 비명을 질렀다. 이게 무슨 말인가? 그날 밤 엄청나게 비가 쏟아졌다, 완전범죄는 있다, 살인마……라고? 죽고 싶으면 이리 와. 저 목소리, 저 목소리를 처음 들을 때부터 느낌이 이상했다. 기억에 있는 목소리였다. 그러나 무거운 돌을 매단 것처럼 기억은 수면 위로 쉽게 떠오르지 않았다.

CCTV로 엘리베이터 안의 광경을 보았을 텐데 경비원은 달려오지 않았다. 새벽 시간이라 잠에 곯아떨어진 걸지도 몰랐다. 아무런 손도 쓸 수 없는 엘리베이터 거울이라는 내 처지가 너무 비참했다. 그녀는 체념했는지 새하얗게 질린 얼굴로 벽에 바싹 붙어서 덜덜 떨었다. 남자는 그녀를 일으켜 세웠다. 그녀의 긴 머리카락을 목 뒤로 천천히 쓸어 넘겼다. 그녀의 길고 가느다란 목이 검정 재킷 속에서 새하얗게 드러났다. 남자는 그녀의 목에다 입술을 댔다. 그녀는 진저리 치며 두 눈을 질끈 감았다.

"그래, 진작에 그럴 것이지. 고분고분하면 좋잖아? 넌 날 벗어날 수 없어. 네가 도망치면 이 세상 끝까지 쫓아가서 갈기갈기 찢어서 죽여버릴 거야. 아니, 죽일 필요도 없지. 정신병원 철창 속에 갇혀서 평생 썩고 싶으면 그렇게 해줄 수도 있어. 꼴에 목사 따님이라 양심이 많이 찔리셨구만. 흐흐, 근데 넌 살인 안 했어? 낙태도 엄연한 살인이야. 감히 내 허락도 없이 내 아이를 죽여놓고 나보고 살인자라고? 너와 난 공범이야. 너만 입 다물고 얌전히 있으면 돼. 아무 일도 일어나지 않았던 거야. 대체 무슨 일이 있었다는 거야? 죽은 놈이 네 애인이라도 되냐? 너랑 아무 상관 없는 놈이잖아. 하! 근데, 생각할수록 씨발! 좆나게 열받네."

갑자기 무거운 돌을 매단 끈이 툭, 끊겼다. 그놈 목소리가 기억의 수면 위로 제 모습을 훤히 드러냈다. 저 야비한 목소리, 식도 내부를 거친 사포로 문지르는 듯한 저 목소리, 씨발! 좆나게 무겁네, 하던 그 목소리! 차라리 엘리베이터 거울이 산산 조각나서 아무것도 볼 수 없다면 좋겠다.

그녀는 남자에게 안긴 자세로 눈을 반짝 떴다. 그녀의 흰 손이 갑자기 재빠르게 움직였다. 어깨에 멘 크로스백에서 꺼낸 것은 놀랍게도 20센티미터 정도 되는 칼이었다. 남자는 그때까지도 사태를 전혀 눈치채지 못했다. 그녀는 이를 악다물고 사정없이 남자의 배를 찔렀다. 핏물이 분수처럼 확 솟구쳤다. 엘리베이터 거울과 천장과 바닥에 피가 튀었다. 그녀는 틈을 주지 않고 남자의 복부를 미친 듯이 찔렀다. 불시에 칼에 찔린 남자는 비명도 못 지르고 입을 딱 벌리고 있었다. 남자는 피가 뿜어져 나오는 자신의 배를 내려다보았다. 통나무처럼 서 있던 남자가 벽에 머리를 부딪치며 쓰러졌다. 역한 피비린내가 진동했다. 끈적한 피가 흘러내리는 틈새로 그녀의 피 묻은 얼굴이 보였다. 칼에서 피가 뚝뚝 떨어졌다.

"이제 다 끝났어. 일어날 일은 언제든 일어나게 마련이야."

그녀의 말은 마치 심판을 내리는 재판관의 말처럼 들렸다. 파도에 휩쓸려 죽은 내 친구가 내게 자주 했던 그 말이 생각났다. 세상에 의미 없는 일은 하나도 없어. 일어날 일은 무슨 일이 있어도 일어나게 되어 있지. 내가 엘리베이터 거울이 된 이유를 그녀가 알려준 것만 같았다. 어쩌면 내가 처음부터 기다렸던 순간인지도 몰랐다.

피로 뒤덮인 엘리베이터 거울이 한 여자를 비추고 있었다. 그녀는 거울에 비친 얼굴을 향해 칼을 휘둘렀다. 거울 속 얼굴이 산산이 부서졌다.

작가의 말

　죽음은 느닷없이 찾아오는 교통사고와 같다. 아무런 순서도 없고, 예고도 없으니까.

　한 날 택시를 탔는데 택시 기사가 하는 이야기를 들었다. 택시 기사의 사촌 동생이 뺑소니 교통사고를 당해 억울하게 죽었다고 했다. 자신이 왜 죽게 된 건지 아무런 이유도 모른 채 갑자기 죽은 그 사람, 너무나 억울하고 황망하게 죽은 그는 어떤 사람이었을까.

　뺑소니 사고를 당한 그를 생각하다 엘리베이터에 올랐다. 엘리베이터 거울이 눈에 들어왔다. 서로 마주 보고 있는 거울 속에 거울이 끝도 없이 비치는 광경이 뭔가 내게 말을 거는 듯했다. 거울 속에 누군가가 들어가 있는 듯한 이상한 기분이 들어 이 이야기를 구상했다.

　죽음은 과연 끝이 맞을까? 죽음으로 모든 것이 끝나겠지만, 세상 그 어디에도 없는 착한 이의 죽음이나 억울한 죽음, 아무 죄 없는 어린아이의 죽음, 느닷없는 죽음에 관한 소식을 들으면, 믿을 수도 없고 형언할 수 없는 느낌이 든다.

　갑작스러운 죽음에 항변 한마디 못 하고 억울하게 죽은 이의 산산이 부서진 마음에 대하여 써보고 싶었다. 죽은 뒤에도,

다른 존재의 몸을 빌려서라도 죽음의 이유를 알아내고 싶어할 거라는 생각이 들었다. 갑작스럽게 들이닥친 죽음이 너무 억울해서.

인간은 죽을 때까지 자신에게 일어난 일들에 대해 의미를 찾는, 복잡하고 피곤하기 짝이 없는 이상한 동물이다. 인간에게 말이 생긴 이유도 어쩌면 의미를 부여하기 위한 욕망 때문이 아니었을까. 그 피곤하기 짝이 없는, 의미 찾는 일은 어쩌면 죽어서까지 계속될 것 같다는 생각이 들었다. 인간은 인간이기 때문에 죽어서까지 의미를 찾는 것을 포기하지 못할 것 같았다.

글을 쓰다 보면 항상 내 글이 재미있을까, 의문이 들곤 했다. '이달의 장르소설'로 선정되었다는 연락을 받았을 때, 나름 재미있다는 응원과 격려를 받은 것만 같아 기쁘고 고마웠다. 자꾸만 읽고 싶어지는 소설을 쓰고 싶다. 이야기의 밭을 부지런히 일구어야겠다.

지구에서 사랑받은
우뭇가사리

백연화

KBS 무대 라디오 단막드라마 〈바담 풍, 바람 퐁〉, 〈알파준〉을 집
필했고, 동화책 『초능력 엄마』를 출간했다.
현실 남매와 거북이 두 마리를 키우며 살고 있다.

"우……리가 사랑함은 그가 몬저 우리를 사랑하
였……슴이라."

가살은 액자에 적힌 지구인의 글자를 소리 내어 읽어
보았다. 누가 누굴 먼저 사랑했다는 건지 맥락이 잘 와
닿지 않았다. 하지만 이제 읽고 쓰는 건 어느 정도 익숙
해진 것 같았다. 문제는 발음이었다. 글자를 음절 단위
로 끊어 읽는 게 아니라, 앞뒤에 있는 글자의 발음까지
신경 써야 하는 것이 여간 복잡한 게 아니었다. 이런 걸
머릿속에서 자동으로 처리하는 지구인은 보기보다 지
능이 높은지도 몰랐다.

방에는 제대로 된 물건이 하나도 없었다. 모두 어딘가
부러지고, 찢어진 것뿐이었다. 버튼이 뽑혀나간 텔레비
전은 헌책들이 아슬아슬하게 받치고 있었다.

"아가, 니는 학교서 공부를 열심히 안 헌 모양이여. 글
씨 읽는 꼴이 영 신찮은디?"

목표물이 원반같이 생긴 받침대에 지구인의 음식을
담아 오며 말했다. 가살은 얼른 표정을 바꾸며 목표물
을 바라보았다. 가살이 맡은 목표물은 지구인 중에서도
나이가 많은 여성이었다. 디렉터는 그냥 '할머니'라고

부르라고 했다. 공격력이 떨어지고, 함께 사는 가족도 없어서 다른 대원들이 무척 부러워했었다. 성별과 인종, 연령대별로 다양한 지구인 샘플을 채취해 고향으로 돌아가는 것이 이번 정탐 대원의 임무였다. 극심한 기상 이변을 겪고 있는 행성에 적응하기 위해 몸을 뒤덮고 있는 피막을 수시로 업그레이드해야 하는데, 그러려면 비슷한 환경에 사는 수많은 생명체의 세포 정보가 필요했다. 가살은 할머니에게 접근하기 쉬운 열네 살 남학생의 모습으로 집을 방문했다. 교복을 입고, '독거노인을 위한 사랑의 도시락'이라는 스티커가 붙은 봉지를 내밀자 할머니는 알 만하다는 얼굴로 말했다.

"봉사 댕기러 왔구먼?"

가살은 할머니가 가져온 음식을 세심히 관찰했다. 투명하고 미끌미끌한 것이 어딘가 수상해 보였다.

"두부 가게 총각이 줬어. 날짜가 딱 하루밖에 안 지났다믄서. 먹어봐."

지구인이 주는 음식은 마음의 벽을 허무는 데 도움이 되지만 신중하게 먹을 것. 임무 수칙 12조가 떠올랐다. 교복 셔츠에 달린 이미지 센서를 누르니 음식에서 소량의 살모넬라균과 다양한 박테리아가 감지되었다. 그대로 먹었다간 큰일이었다. 가살은 코끝을 쏙 문지르는 척하며 손가락으로 빔을 쏘았다. 자신의 음식을 먼저 살균하고, 샘플 보호 차원에서 할머니의 것도 소독해주었다.

"그런데, 이게 대체 몬가요?"

가살이 미끄덩거리는 국수를 한 숟가락 뜨며 묻자 할머니는 호로록 음식을 흡입하며 말했다.

"우무잖여. 우뭇가사리 몰러?"

순간 가살은 할머니가 자신의 이름을 말한 줄 알고 씹고 있던 국수를 꿀꺽 삼켰다. 가살의 본래 이름은 우무우뭇가살리미바투였다. 생각지 못한 순간 지구인의 입에서 튀어나온 이름 때문에 애써 유지하고 있던 평정심이 깨져버렸다. 동시에 큰 국수 덩어리 하나가 가살의 기도를 틀어막고 말았다.

"……허억, 켁!"

가살의 시야가 붉은색으로 점멸했다. 지구에 있는 동안은 질소와 산소의 비중이 높은 이곳 공기를 꼭 마셔야 했다. 가살은 목을 부여잡고 기도에 걸린 그것을 튕겨내보려고 했다. 하지만 기도가 꽉 막혀 있어 체내 공기압을 높일 수 없었고, 밭은 숨만 끽끽대야 했다. 곧 산소 부족을 알리는 경고음이 높아지며, 주변의 사물이 흐물흐물해 보이기 시작했다.

'이건 혹시…… 할모니의 함정?'

만감이 교차했다. 가살은 충혈된 눈으로 할머니를 쳐다보았다. 할머니가 느린 화면처럼 천천히 몸을 일으켜 가살에게 다가오는 것이 보였다. 불꽃처럼 짧았던 삶이 눈앞을 스쳐 지나갔다. 지구 시간으로 겨우 527년이었다. 왜 항상 주의 깊지 못하고, 일이 터지고 나서야 후회할까. 의식의 끈을 놓치려는 순간, '픽' 하는 소리와 함께 가살의 등에 강력한 스매싱이 가해졌다.

"칵!"

가살의 몸이 앞으로 튕겨 나가고, 목에 걸려 있던 국수 조각도 허공을 가르며 날아갔다. 동시에 기도 안으로 산소가 쏟아져 들어왔다. 가살은 펌프질하듯 숨을 들이마셨다. 오늘따라 쌉싸름한 맛이 나는 산소를 온몸으로 만끽했다.

"허억! 흐어업, 흐업, 하!"

"봉사하러 왔다 초상 치를 뻔했구먼!"

할머니가 자리에 도로 앉으며 말했다. 긴장하지 않으면 그렇게 될 수 있다는 경고가 분명했다.

"도시락을 중게 고맙긴 헌디 어디서 보냈대? 교회, 아님 복지관?"

가살은 점차 안정되고 있는 호흡을 확인하며 아무 데

나 둘러댔다.

"······주민센터요."

"주민센터가 뭔 일이래? 뭐 좀 물어볼라고 전화 걸믄, 불개미모냥 톡 쏘아붙이드만. 암튼 날도 더운디 아가니가 고생하겄다."

할머니는 그렇게 말하며 남은 우뭇가사리를 입 속에 모두 털어 넣었다. 가살은 더는 먹을 용기가 나지 않아 숟가락을 내려놓았다. 목표물이 다루기 쉬울 거라고 넘겨짚은 것은 실수였다. 할머니에 대해 면밀히 조사하고, 돌발 상황에 대비하는 수밖에 없었다. 사실 할머니가 앞으로 겪을 일들에 비하면 가살이 당한 일은 아무것도 아니었다. 가살은 매일 할머니를 방문해 작은 물건부터 하나씩 눈으로 스캔해 미세한 입자로 부순 뒤 다른 차원으로 옮길 예정이었다. 마지막 목표물은 할머니였다. 물론 신경체계가 있는 생물은 그 과정에 고통을 느낀다. 그렇게 4차원의 저장 공간으로 옮겨진 목표물은 자신이 옮겨진 줄도 모른 채 서서히 분석되고 해체되어 데이터화되고, 결국 가살이 사는 행성의 중앙도서관으로 전송되는 것이다.

생각지 못한 사고에 소심해진 가살은 첫 방문의 전리품으로 텔레비전을 받치고 있는 얇은 책 한 권을 스캔했다. 책이 사라지자 텔레비전이 한쪽으로 미세하게 기울었다.

"내일 또 올게요."

가살은 인사를 하고 자리에서 일어났다.

지구인들은 이 넓은 우주에 자기들만 있는 건 비효율적이며, 반드시 외계인이 있다고 확신했다. 그러나 무턱대고 태양계 밖으로 나가기엔 수명이 짧았고, 기술도 부족했다. 생각 끝에 그들은 우주로 메시지를 쏘아 보내기 시작했다. 그중 지구로부터 20광년 떨어진 적색왜성 천칭자리 글리제 581을 향해 보낸 메시지를 가살의 행성에서 가로챘다. 지구인들은 순진하게도 최첨단 전파망원경을 통해 평화와 상생의 메시지를 보냈지만, 외계인들은 생존을 위해 지구인을 사냥하러 나선 것이다.

할머니는 낮에는 보통 유모차를 밀며 박스를 주우러 다닌다고 했다. 유모차가 뭔지 검색해보니 지구인들이 아기일 때 타는 수레였다. 어릴 때 탄 유모차를 나이 들어 다시 이용해야 하는 것이 직립보행을 하는 지구인의 구조적 한계인 것 같았다. 가살은 매일 오후, 할머니가 박스를 다 줍고 돌아오는 시간에 도시락을 들고 방문했다.

"할모니, 저 왔습니다."

"그려. 아가 니는 맴도 착허지만, 얼굴도 꼭 갸맹키여. 갸 있지? 송강."

순간 알아듣지 못한 가살은 아무 반응도 못 한 채 할머니를 빤히 쳐다보았다.

'……외국어일까?'

난해하기 짝이 없는 그 말을 분석하느라 한참 쩔쩔매다가 곧 그것이 잘생겼다는 의미인 것을 알았다. 기분이 나쁘지 않았다. 가살의 행성에서는 피부 조직의 배치가 외모의 수려함을 판단하는 기준이 되지 않았다. 아니, 외모의 우열 같은 건 없었다. 하지만 기왕 칭찬을 받았으니 『지구인식 대화의 품격』이라는 책에서 배운 표현을 써먹으면 좋을 것 같았다. 가살은 두 손을 앞으로 모아 잡으며 이렇게 대답했다.

"생각지 않게 칭찬을 받으니 몸 둘 바를 모르겠네요."

그러자 할머니가 눈썹을 치켜세우며 말했다.

"이? 오호홍홍! 니는 생긴 건 신식인디 말투는 꼭 토끼 발 맞춰!"

그러고는 한참을 웃었다. 가살은 애써 해석하려 들지 않았다. 저렇게 무방비 상태로 웃는 걸 보면 딱히 조심할 필요가 없어 보였다. 더군다나 할머니는 첫날 가살의 목숨을 구해주지 않았던가. 공격하거나 죽일 의도가 있었다면 그때 해치웠을 것이다.

"아가, 요고 하나 마셔. 야쿠루투 여사님이 팔고 남은 거라고 줬어."

가살은 경계하며 할머니가 내미는 작은 플라스틱병을 힐끔 보았다.

"요것만 보고 마실게요."

하고는 돌아서서 벽에 걸린 액자를 보는 척했다.

"언능 와. 볼 것도 없어."

가살은 액자 안에 다닥다닥 붙여놓은 사진들을 유심히 보며 물었다.

"여기, 할모니랑 비슷하게 생긴 젊은 여성은 누구인가요?"

"누구겠냐? 함 맞춰봄시롱."

"그 앞에, 몸을 못 가누고 안겨 있는 작은 인간은요?"

"갸가 우리 종식이여. 돌 쪼깨 지나고. 이쁘게 생겼지?"

"아!"

가살이 돌아보니 어느새 할머니의 눈빛이 촉촉해져 있었다. 이어 할머니는 가살에게 많은 이야기를 털어놓았다. 대부분 고생하며 살던 것과 오래전 집을 나간 종식이 이야기였고, 점점 경쟁자가 많아져서 박스를 줍기 힘들다는 이야기도 했다.

"그럼 박스를 안 주우면 되죠."

가살은 물건을 스캔하면서 동시에 할머니 말에 대꾸하느라 정신이 없었다.

"박스를 줍고 싶어서 줍가니? 목구녕이 포도청잉게 워쩔 수 없이 줍는 것이지."

가살은 포도청이라는 단어도 검색해보았다.

'조선 시대 관아. 좌포도청과 우포도청이 있음.'

의역과 유추를 거듭해 그 의미가 겨우 파악됐다. 지구인들도 가살처럼 생존을 위해 수명이 다할 때까지 치열한 싸움을 계속하고 있었다. 가살은 자기도 모르게 한숨이 나왔다.

"후유!"

"잉? 그라는 거 아녀. 한숨 쉬믄 복 달아나."

할머니가 말했다. 이상하게 가살은 할머니와 이야기를 나누면 평소보다 많은 감정을 표현했다. 목표물에게 감정을 드러내지 않는 것은 중요한 임무 수칙이었다. 행성 정탐 대원으로 선발될 때도 가살은 감정 제어 부문에서 아슬아슬한 점수를 받았었다. 디렉터의 표현에 의하면 쓸데없이 마음이 여린 게 문제였다. 하지만 할머니에겐 상대방의 마음을 열고, 대화를 이끌어가는 능력이 있었다. 가살은 스캔하는 것도 잊고 할머니와의 대화에 깊이 빠져들곤 했다.

"나는 분명히 최선을 다하고 있는데, 우주가 유독 나한테만 냉정한 것 같은 느낌이 자꾸 든단 말이에요."

할머니는 어떤 질문에든 답을 가지고 있었다.

"니가 심성이 고와서 그려. 넘헌테 폐 끼치는 걸 모대. 눈을 보믄 그 사람을 안다고, 니는 눈이 산추알모냥 반질반질한 것이 딱 봐도 착혀. 그려도 넘 심난해허지 말어. 옛날얘기 들어보믄 그러잖여. 고생 끝에 꼭 복이 온다고."

할머니의 말은 가살을 위로하고 고무시키는 힘이 있었다. 가살이 짐짓 덤덤한 얼굴로 고개를 끄덕이는데 할머니의 눈꺼풀이 파르르 떨렸다.

"우리 종식이도 그려. 어딜 가믄 항상 손해를 봐. 우리 종식이만 생각하믄, 맴이……."

그러고는 목이 메어 말을 잇지 못했다. 가살도 움찔움찔하는 입술을 꼭 깨물었다. 그러다 문득 종식이가 갑자기 돌아오면 계획에 차질이 생길 수도 있다는 생각이 들었다.

그날 저녁 가살은 종식이가 어디서 무얼 하는지 조사해보았다. 그는 오래전에 집을 나가 연락이 안 되는 상태였다. 주로 건설 현장을 떠돌며 일했는데, 기껏 일해도 공사가 중단되어 임금을 떼이기도 했고, 성격 파탄인 반장을 만나 억울하게 몰리는 일도 많았다. 점점 일하는 날보다 술을 마시고 깽판 치는 날이 많아졌다. 그러다 한밤중 국도에서 뺑소니 사고를 당한 종식이는 지방의 한 의료 시설에 무연고 환자로 의식 없이 누워 있었다.

가살은 이 사실을 할머니에게 알릴까 하다가 관두었다. 목표물이 감정적으로 불안해지는 걸 막기 위해서였다. 할머니는 아무것도 모른 채 가살이 가져다주는 도시락을 받아 저녁에 반 먹고, 다음 날 아침에 나머지 반을 먹었다. 비참한 지구에서의 삶을 하루빨리 끝내는 것이 가살에게도, 할머니에게도 좋을 것 같았다.

어느 날 가살은 할머니가 모은다는 박스의 정체가 궁금해 몰래 따라가보았다. 할머니는 편의점 앞에 유모차를 세우고, 가게 앞에 버려진 그것을 납작하게 눌러 유모차 위에 차곡차곡 쌓았다. 가살은 멀찌감치 떨어져 그 모습을 지켜보았다. 할머니는 키가 정말 작았는데, 박스가 어느 정도 쌓이면 유모차에 올릴 때마다 까치발을 하고는 기합을 넣어야 했다.

"읏차!"

그렇게 할머니 키보다 높이 박스를 모아서 가져가면 2,200원을 받았다. 그 돈으로 편의점에서 무엇을 살 수 있는지 검색해본 가살은 어이가 없어서 눈알을 빙글빙글 돌렸다. 자기 행성에 사는 회원들도 제대로 관리하지 못하면서, 먼 우주에 대고 평화의 메시지나 쏴대는 지구인이 한심했다.

"후유유유, 되다!"

할머니는 파라솔 탁자 앞에 털썩 앉아 주머니에서 생수병을 꺼내 목을 축였다. 그때 편의점 아르바이트생이 문을 열고 나오더니 할머니에게 소리쳤다.

"할머니! 기껏 청소해놨는데 함부로 앉지 마세요. 앞으로 여기서 박스 줍기 싫으세요?"

복식호흡을 하는지 목소리의 울림이 남달랐다. 할머니는 얼른 일어서며 말했다.

"잉! 인자 막 갈라고 혔어."

가살은 하마터면 시베리아 불곰처럼 생긴 아르바이트생을 스캔할 뻔했다. 할머니가 편의점에서 주운 박스는 겨우 150원어치였다. 그걸 생색내다니. 하지만 감정에 치우치지 말고 임무만 생각해야 했다. 가살의 목표물은 불곰이 아니라 할머니였다. 할머니가 다시 유모차를 밀며 자리를 뜨자 가살은 인상을 구기며 홱 돌아섰다. 그러다 길을 막고 서 있는 뭔가에 부딪히고 말았다.

"$%@*@#$! 뭐야, 넌!"

순간 외계어가 튀어나와 가살은 혀를 깨물었다. 가살
보다 한참 어린 지구인 여자아이였다. 아이는 차갑고
알록달록한 막대기를 혀로 날름날름 빨아먹고 있었다.
가살은 빨갛게 물든 아이의 혓바닥을 유심히 관찰했다.
생각해보니 지구인들이 그런 걸 먹으면서 돌아다니는
걸 여러 번 본 적 있었다. 가살은 땀을 흘리지 않지만,
기온이 섭씨 35도 가까이 오른 지구의 여름에 차가운
막대기는 인간에게 꼭 필요한 위안물인 것 같았다. 가
살은 할머니가 무거운 유모차를 미느라 땀을 흘리던 걸
떠올리며 아이에게 물었다.

"맛있니? 오빠 한 입 줘봐."

'물질의 성분을 분석하고 해로운 균이 있나 알아보기
위해서'라고 생각했지만 사실 그 맛이 궁금했다. 그런
데 아이의 얼굴이 붉으락푸르락해지더니 갑자기 사이
렌 소리가 터져 나왔다.

"으아아앙, 내 아시시킴이야! 이 바보똥개야."

그리고 어디선가 아이의 확대 버전으로 보이는 여성
지구인이 사나운 얼굴로 등장했다. 지구인도 눈에서 빔
을 쏠 수 있는 것을 가살은 처음 알았다. 임무 수칙 8번

이 떠올랐다. 신분이 노출되는 걸 막기 위해 촉이 살아
있는 중년 여성에게는 접근하지 말 것. 가살은 한 걸음
뒤로 물러섰다.

마당에 있는 수도에서 땀을 씻던 할머니는 가살이 대
문을 밀고 들어서자 반가운 얼굴로 말했다.

"오늘은 워쩐 일로 늦었대? 그새 게이름 폈어?"

가살은 도시락을 마루에 내려놓고 할머니에게 뭔가
를 내밀었다.

"이게 뭐여?"

"아시시킴. 할모니 지금 덥잖아. 이거 먹어."

가살은 할머니에게 슬쩍 말을 놓으며 지구인스럽게
미소를 지었다.

길에서 만난 아이의 엄마는 보기보다 훨씬 공감 능력
이 뛰어난 사람이었다. 가살을 집어삼킬 것처럼 다가올
때 '적극적 방어' 또는 '공격' 모드로 전환할까 심각하게
고려했었다. 하지만 가살이 아무 말 없이 지그시 바라보
자 여인은 눈을 몇 번 깜빡이더니 아이에게 말했다.

"괜찮아. 이 오빠 착한 사람이야."

그러고는 가살에게 집이 어딘지, 혹시 차비가 부족한

지 물었다. 가살이 괜찮다며 환하게 웃자 여인은 가살을 위해 편의점에서 차가운 막대기를 하나 더 사 왔다.

"자! 어서 먹어, 할모니."
"도시락 들고 댕기느라 힘든디, 니가 먹지."
할머니의 쪼글쪼글한 이마가 오늘따라 더 주름져 보였다.
"난 인공감미료 안 좋아해. 할모니나 먹어."
가살이 막대기를 다시 들이밀자 할머니는 마지못해 받아 들더니 마루로 올라갔다. 집까지 오는 동안에도 이미 많이 녹았는데 왜 바로 먹지 않는지, 가살은 조바심이 났다.
"할모니, 그거 금방 녹아. 차가울 때 먹어야 일시적으로 체온이 떨어지는 것 같은 효과를 경험할 수 있다구."
그러나 할머니는 덜덜거리는 냉장고를 열어 아이스크림을 넣고는 말했다.
"난 이빨이 시려서 그려. 아가 니는 몰르지? 우리 종식이가 비비빅 귀신이여."
순간 가살의 감정 그래프가 요동쳤다. 가살은 마루로 올라가 냉장고에서 막대기를 꺼내 할머니에게 내밀었다.
"그냥 할모니 먹으라구. 종식이 오려면 아직 멀었어!

지금 더운 건 할모니잖아."

가살은 속으로 '침착할 것'이라고 반복해 말했다. 하지만 기약 없이 병원에 누워 있는 종식이와 뙤약볕에 유모차를 밀던 할머니를 생각하니 감정 곡선이 불안하게 급상승하고 있었다. 그런 줄도 모르고 할머니는 고집스럽게 아이스크림을 냉장고에 넣었다.

"알었어! 이따 먹을랑게 성가시게 굴지 말어."

순간 가살의 시야가 붉은빛으로 깜빡거리며 경고 메시지가 떴다. 가살은 냉장고를 열어 막대기를 꺼내 마당으로 내동댕이쳤다.

"그럼 먹지 마! 아무도 먹지 말고 그냥 버려!"

가살의 눈에서 따뜻한 액체가 줄줄줄 흘러내렸다. 동시에 몸이 부르르 떨렸다.

"하유!"

할머니는 그렇게 말하며 마당으로 내려가더니 바닥에 떨어진 아이스크림을 주워 손으로 탁탁 털었다. 그사이 가살은 지구인식 감정 프로그램에 의해 펑펑 울고 있었다. 자신이 이렇게나 많은 물을 뿜게 될 줄 몰랐다. 하지만 할머니는 다 안다는 듯이 다가와 셔츠 자락으로 가살의 눈물을 닦아주었다.

"미안혀. 할미가 괜히 주책을 부렸구먼. 쫌만 수그려

봐. 울지 말어, 더워!"

그러고는 가살의 코를 잡고 '흥!' 했다. 가살의 코에서 나온 진득한 액체를 쭉 짜낸 할머니는 마당을 향해 착 뿌렸다.

"니랑 나랑, 요놈 반반씩 노나 먹자. 그럼 되겠지?"

할머니가 말했다. 가살은 울음이 딱 멈추지 않아 연신 꺽꺽 소리를 내며 고개를 끄덕였다. 다 녹은 아시시킴을 할머니와 함께 사이좋게 나눠 먹은 가살은 물건을 스캔할 생각도 하지 않고 곧바로 집을 나섰다.

광교산 맷돌바위 아래 은신처에 모인 대원들은 실적점검에 앞서 분위기가 살벌해지자 잔뜩 긴장했다. 디렉터는 대원들을 둥글게 앉혀놓고는 정신 사납게 왔다 갔다 하며 말했다.

"지구에 진로 체험하러 왔나? 현장 학습 왔냐고! 다들 정탐 대원의 기본도 안 돼 있어. 대체 선발 기준이 뭐야!"

그러다 가살과 눈이 마주치자 잘 걸렸다는 듯이 웃으며 다가왔다.

"우무우뭇가살리미바투, 내 눈 피하지 말고 나만 바라봐! 왜 다 된 밥에 재를 뿌리나, 어? 임무 수칙 4조, 목표물에게 감정을 드러내지 않는다. 알아 몰라, 어?"

오늘따라 폭주하는 디렉터에게 적응이 안 돼 대원들은 서로 눈치를 보았다. 디렉터는 지금 지구인식 표현을 유창하게 사용하고 있었다. 어느 은하, 어느 항성계를 가든 그곳 문화를 스펀지처럼 흡수하는 것이 디렉터의 강점이었다.

"임무를 완수하지 못하면 어떻게 되는지 알아 몰라, 어? 이칼라나나무스꼬리 대원, 자네가 한번 말해봐."

그러자 긴 머리카락을 포니테일 스타일로 묶은 대원이 천천히 손가락을 깍지 끼우며 대답했다.

"탄소 덩어리로 변해, 박물관에 전시되는 것이죠."

가살은 파라오처럼 길게 뽑아 그린 그녀의 아이라인을 신기한 듯 보다가 그녀와 눈이 마주쳤다. 무스꼬리는 똑바로 하라는 듯 한쪽 입술을 끌어 올리며 비웃었다. 우주에서 가장 하등한 형태의 고체로 변해 영원히 그 자리에 있는 것, 그것이 임무를 끝내지 못한 대원이 받는 벌이었다. 디렉터가 홀로그램 화면을 띄우며 말했다.

"자, 계약서를 보란 말이야! 우리 모두 여기에 서명했어. 행성의 안전을 위해 목숨을 다해 샘플을 채취하겠다고 말이야."

가살은 자신의 서명이 새겨진 계약서를 보았다. 어떻게든 이 상황을 모면하고 싶어 최대한 침착하게 대답했다.

"시간을 조금만 더 주시면……."

그러자 디렉터가 의심스러운 표정으로 물었다.

"얼마나 주면 되겠나?"

가살은 크게 숨을 들이마시고는 대답했다.

"……3일."

그제야 디렉터는 흥분을 가라앉히며 한 걸음 물러났다.

"좋아, 가살. 자네를 믿어. 자네는 절대 나약하지 않아. 지구 시간으로 3일 안에 꼭 목표물을 이동시켜. 잊지 마, 이건 마지막 기회야."

4차원의 임시 저장소에 들어간 가살은 대원들이 모아놓은 전리품들을 둘러보았다. 지구의 박물관처럼 생긴 그곳에는 다양한 종류의 인간 샘플과 그들의 물건이 진열되어 있었다. 목표물이 생활하던 장소와 비슷하게 꾸며져 있어, 처음 이곳에 옮겨온 샘플들은 환경이 바뀐 줄도 모르고 안정적인 상태로 지냈다. 그러는 동안 샘플은 점점 해체되어 데이터화되고, 여기에 있는 자신이 이전의 자신과 다르다는 자각이 올 때쯤이면, 그때는 이미 순수한 데이터로 변환이 완료된 상태였다.

가살은 75퍼센트 정도 분석이 진행된 인간 샘플을 말 없이 바라보았다. 지구인들이 마시는 식혜처럼 변해버린 그것을 계속 보고 있자니 속이 울렁거렸다. 가살은 걸음을 옮겨 오직 지구에서만 볼 수 있는 종이책들을 모아놓은 곳에 멈추었다. 첫날 할머니 집에서 가져온 책이 있었다.

"……나무 그늘을 산 청년."

가살은 제목을 소리 내어 읽었다. 뺀질뺀질하게 생긴 청년이 부자 영감의 뒤통수를 치는 내용이라 별로 마음에 들지 않았다. 하지만 왠지 제목이 좋았다. 그러다 문득 좋은 생각이 머릿속에 떠올랐다. 지구에서 마지막 3일을 보낼 할머니를 위해 뭔가 해줄 수 있을 것 같았다. 가살은 급히 걸음을 옮겼다.

가살은 편의점 맞은편, 포장을 묶어놓은 붕어빵 수레 뒤에 숨어 할머니를 기다리고 있었다.

시간이 조금 지나자 할머니가 유모차를 밀며 편의점 앞에 나타났다. 목 주변에 둘러놓은 손수건은 이미 땀에 흠뻑 젖어 있었다. 가살은 파라솔 탁자에 드리운 그늘을 조심히 스캔해 잘라냈다. 그리고 햇볕 때문에 잔뜩 인상을 쓰며 박스를 접고 있는 할머니의 머리 위에 살짝 올려놓았다. 열기와 눈부심이 사라지자 할머니는 하늘을 힐끔 쳐다보았다. 그런 뒤 주머니에서 물병을 꺼내, 선 채로 몇 모금 마셨다.

"하!"

할머니는 소매를 당겨 입가를 닦았다. 가살은 그 모습을 지켜보다 풋 웃었다. 할머니는 박스를 다시 한번 단단히 묶고는 유모차와 함께 그곳을 떠났다. 그늘도 할머니를 따라 이동했다.

할머니가 간 뒤 가살은 길을 건너왔다. 그리고 햇볕이 내리쬐는 탁자 위에 동전 두 개를 올려놓았다.

"그늘값이야, 불곰. 이거나 먹고 떨어져."

가살이 말했다.

할머니가 마당에서 발을 씻으며 말했다.

"눈이 침침혀서 그런가, 오늘은 눈도 안 부신 거 같어. 쫌만 걸어댕겨도 정수리가 불 채찍을 맞은 거모냥 활활 타는디, 오늘은 확실히 덜 뜨거와."

그러고는 발에 비누칠을 하며 쓸쓸하게 웃었다.

"눈이야 인자 안 보여도 워쩔 수 없는 것이지."

그사이 가살은 집에 있는 물건들을 찍어 이동시켰다.

생명체를 스캔하는 것도 미리 연습해보아야 하는데, 집 안엔 반려동물은커녕 물고기나 화초 같은 것도 없었다. 그래서 마당 한쪽에 심은 파를 이동시켜보았다. 그런대로 어렵지 않게 잘되었다. 맥락이 이해되지 않던 액자도 스캔했다. 안 그래도 옹색한 살림인데 물건들이 하나씩 빠져나가니 집이 더욱 휑해졌다. 하지만 할머니는 변화를 느끼지 못하는 것 같았다.

"아가 니는 속상헌 일 있구먼? 조잘조잘 말도 잘해쌌드니, 오늘은 꼭 멍게모냥 부어 있어. 공부 모던다고 누가 놀렸어? 데꾸와, 할미가 확 죽여불랑게."

가살은 벽지를 보는 척하며 말했다.

"할모니, 도시락이 많이 남아서 두 개 가져왔어. 내일도 그럴 거야. 아침 거 남겨두지 말고 하나 다 먹어."

그러자 할머니는 웃으며 말했다.

"그려. 오늘은 할미가 복이 터져부렀구먼!

할머니를 최대한 사무적으로 대한 가살은 서둘러 집을 나섰다.

3일째, 가살은 할머니가 지구에서 마지막 식사를 하는 모습을 지켜본 뒤 스캔하기로 마음먹었다. 그런데 할머니는 찬물에 밥을 말아 한 입 떠 넣더니 이렇게 말했다.

"인자는 죽어도 여한이 없어."

가살은 뜨끔했다. 곧 이곳을 떠난다는 걸 아는 걸까.

"……왜?"

가살이 묻자 할머니는 주머니에서 반으로 접힌 우편물을 꺼내더니 내밀었다.

"이게 몬데?"

"편지잖여. 요즘 애기들은 컴퓨터만 해서 편지를 모르지? 할미가 눈이 어두와서 그렇게 읽어줘봐. 거기 우리 종식이 이름도 있고, 뭔 돈을 보낸다는 거 같은디 딱 봐도 엄청 많어."

가살은 봉투에서 편지를 꺼내 소리 내어 읽었다.

"산업재해보상보험법에 따른 보상금…… 지급의 건."

거기까지 읽고는 내용을 쭉 훑어보았다. 종식이가 마침내 병원에서 의식을 되찾은 것 같았다. 오랜 조사 끝에 신원이 밝혀졌고, 전에 일하던 현장과 멀지 않은 곳에서 일어난 사고라 보상금을 받게 되었다는 내용이었다. 보상금에 붙은 '0'의 개수를 세어본 가살은 그 돈이면 할머니가 몇 년간 박스를 줍지 않아도 되는지 계산하다가 그만두었다.

"뭐라고 혀? 좋은 소식이 맞지?"

"응."

가살이 미소를 지으며 고개를 끄덕이자 할머니는 환하게 웃으며 밥그릇을 들더니 후루룩 물을 마셨다.

"크! 우리 종식이가 느지막이 복을 받을라고 고로코롬 고생을 혔어. 아가 너 뭐 먹고 싶냐? 짜장면, 아님 탕수육?"

할머니를 만난 이후 가장 밝은 얼굴이었다. 가살은 곰곰이 생각해보고는 말했다.

"아시시킴."

청문회장에서 세 명의 디렉터와 아홉 명의 배심원이 둘러앉아 가살을 지켜보았다. 모두 지구의 연체동물과 비슷한 본래의 모습으로 돌아온 상태였다. 가살을 담당했던 디렉터가 먹물을 찍 쏘며 가살에게 질문했다.

"목표물을 스캔하지도 않을 거면서 3일이나 시간을 번 의도가 뭡니까! 설마…… 조금이라도 함께 있고 싶어서? 왜, 사랑이라도 했나?"

디렉터가 몸을 부르르 떨자 먹물이 검은 안개처럼 뿜어져 나왔다. 지구에 있는 동안 지구인들이 즐겨 보는 드라마와 영화로 문화를 학습한 디렉터는 지구인식 표현뿐 아니라 메소드 연기에도 심취해 있었다.

가살은 고개를 들어 배심원들을 바라보았다. 청문회가 끝나면 석탄으로 변하게 될 가살을 모두 딱하다는 듯 쳐다보았다.

"증인에게 묻겠습니다!"

디렉터가 증인석에 앉은 무스꼬리를 향해 돌아서며 말했다. 무스꼬리는 높이 올려 묶은 촉수를 머리카락처럼 찰랑거리며 대답했다.

"네!"

"우무우뭇가살리미바투가 목표물에게 도시락을 두 개씩 갖다준 게 사실입니까?"

"네. 확실합니다. 제가 목표물을 일찍 스캔했기 때문에 도시락이 남는다는 걸 알아차린 거죠. 할모니 집에 남아있던 HPDE 백이 바로 그 증거입니다!"

무스꼬리가 그렇게 말하며 구겨진 비닐봉지를 앞으로 내밀었다. 디렉터는 얼른 그것을 받아 들고는 모두가 볼 수 있도록 봉지를 펴 보였다. 거기엔 '노숙인을 위한 사랑의 도시락'이라는 스티커가 붙어 있었다.

"오우!"

배심원석에서 탄성이 터져 나왔다. 가살은 여전히 생각에 잠겨 있었다. 할머니의 집에서 차가운 막대기를 먹으며 나눈 대화를 떠올리자 뇌신경절 한쪽에서 찌르르 울림이 전해져왔다.

"할모니, 잘 먹을게."

"짜장면 시켜준당게 겨우 아시시킴이여?"

"난 지구에서 먹은 거 중에 이게 제일 맛있었어."

"오호홍홍홍! 아가 니는 맴도 착허고, 얼굴도 이쁘지만, 말허는 것도 아조 귀염성이 많어. 꼭 우리 종식이 어릴 때 맹키여."

가살은 아이스크림을 먹다 말고 할머니를 빤히 보았다.

"할모니. ……난 이제 안 올 거야."

"잉? 요로코롬 갑작시럽게?"

"응. 큰돈 받으면 맛있는 거 매일 사 먹어. 박스는 운동 삼아서 살살 줍고. 편의점 불곰 새끼가 까불면 등짝을 한번 세게 쳐. 저번에 나한테 한 것처럼."

"그려. 갸도 몸집이 커서 화가 많어. 더운디 그놈으 도시락 들고 댕기느라 고생혔어. 근디 아가, 생각해봉게 할미는 니 이름도 몰르는디?"

가살은 이름을 말해줄까 하다 관두었다. 어차피 말해봤자 기억하지 못할 테니까.

"……우뭇가사리야. 내 이름."

그러자 할머니가 눈을 치켜뜨며 말했다.

"잉? 인자 고놈 먹을 때마다 니 생각나서 눈물 바람 하게 생겼구먼. 어이구, 할미가 또 주책이여! 쿨허게 보 내줘야쓴디."

디렉터가 위협적으로 촉수를 들이대며 닦달했다.

"그렇게 입 꼭 다물고 있으니까 더욱 의심스럽잖아. 우무우뭇가살리미바투! 왜 대답을 못 하니? 목표물을 사랑했냐고, 어?"

그 순간 가살은 할머니 집에 있던 액자의 글귀가 떠 올랐다. 이제껏 알쏭달쏭하기만 했던 맥락이 확실히 이 해됐다. 가살은 떨리는 목소리로 겨우 대답했다.

"……지구인이 먼저, 사랑했기 때문입니다."

그러자 배심원들이 웅성거렸다. 디렉터는 대체 그게 무슨 소리냐며 윽박질렀다. 가살은 아련한 기억에 젖어 이렇게 말했다.

"지구인들이 먼저 텅 비었을지도 모를 우주에 메시지 를 보냈고, 그들이 보여준 건 평화와 사랑이었습니다. 나도 마땅히 그래야 한다고 생각했습니다. 후회는 없습 니다. 어떤 벌이든 달게 받겠습니다."

청문회장이 물을 끼얹은 것처럼 조용해졌다. 당황한

디렉터는 배심원들의 눈치를 보다가 갑자기 눈을 희번 덕거리며 말했다.

"하! ……어이가 없네?"

왜인지 마음이 후련해진 가살은 직립보행을 하던 기억을 되살려 몸을 쭉 폈다.

만약 외계인이 지구에 몰래 들어와 납치할 대상을 찾는다면 먼저 1인 가구를 눈여겨볼 것 같았다. 그중에서도 가족들과 자주 연락하지 않거나, 직장에 다니지 않는 사람이 우선적 고려 대상이 될 것 같았다. 간신히 목표물 신세를 면했다는 생각에 마음을 놓았다가, '하지만 미래에는 어떻게 될지' 누구도 장담할 수 없다는 생각이 들었다. 그렇다면 외계인의 마음을 돌릴 만한 무기가 있어야 했다. 단, 나를 맡은 외계인도 감성적일 거라는 전제하에.

이야기 속에서 할머니가 구사하는 말은 내가 잘 알고 있는 세 여인의 언어 세계를 한데 모아 재구성한 것이다. 나의 엄마와 시어머님, 그리고 동생의 시어머님이다. 고향도 각기 다른 세 여인이 사용하는 언어와 그 표현의 세계는 참으로 풍요롭고 한계가 없다. '우리의 소리를 찾아서' 떠나온 것도 아니면서 나는 가끔 그들이 무심코 던지는 말들에 깜짝깜짝 놀란다. 어떻게 해야 그 말들을 잘 보존하고 써먹을 수 있을지 고민하기도 한다. 때론 감당하기 힘든 많은 이야기를 풀어놓곤 하지만, 그 말들 속 맨 밑바닥에는 한결같이 지글지글한 사랑이 깔려 있다. 그렇게 깊고 큰 사랑 앞에 내던져진 외계인이라면,

그가 비록 생존을 위한 사냥에 투입된 존재라도 기어이 변화되고야 말 것이라는 확신이 들었다.

못내 아쉬운 것은, 머릿속에 맴도는 주옥같은 표현들을 다 써먹지 못한 것이다.